LES PAPIS CONTRE-ATTAQUENT !

CLAIRE RENAUD

LES PAPIS CONTRE-ATTAQUENT !

Illustrations de
Maurèen Poignonec

Pépix
ÉDITIONS SARBACANE

À Eugénie,
Pour ses dix ans.

1

CRÊPES PARTY

J-6 (Lundi)

– Mais Guenièvre… tu es en pyjama !? me lance la maîtresse.

– Ce n'est pas un pyjama, je dis.

– Ah bon ? Ça y ressemble tout de même beaucoup, répond la maîtresse d'un air suspicieux, en se penchant sur mon pantalon. Un tissu jaune moelleux avec des petits ours bleus qui tiennent un oreiller entre leurs pattes…

– Le fait que ça y ressemble ne signifie pas que ce soit la même chose, je réplique (pour détourner l'attention, parce qu'elle a marqué un point, là). Par exemple, vous, vous ressemblez un peu à Isabelle Adjani… mais soyons sincères, vous êtes loin d'être vraiment Isabelle Adjani, non ?

Au lieu de répondre, la maîtresse hausse les épaules, tourne les talons et se dirige d'un pas ferme vers le tableau.

– Ouvrez vos cahiers : dictée ! annonce-t-elle d'une voix pincée.

Bon, je l'ai vexée, apparemment. Les autres me regardent tous de travers. On est lundi, première heure, la semaine commence fort… !

Ben quoi, fallait bien que je me défende, tout de même ! Et puis, ça vous fera travailler votre orthographe !

À la récré, tout le monde me boude. Je suis comme une patate au milieu d'un champ de betteraves. Une tulipe dans un bouquet de roses. Heureusement, ma meilleure copine Clémentine me rejoint en courant. L'horizon s'éclaircit.

Elle et moi, on se connaît depuis la maternelle. On a pleuré ensemble les premiers jours, on a appris à écrire nos prénoms côte à côte, on a confectionné le même magnifique collier de nouilles dont on était si fières pour la Fête des mères.

– Bon, je n'ai rien dit parce que je ne suis pas une balance, mais c'est ton pyjama, ça ! me dit-elle. Je l'ai reconnu !

– Oui, évidemment !

– Mais pourquoi tu es venue en classe en pyjama ? Tu as oublié de t'habiller, ce matin ? Ça ne m'étonnerait pas, remarque ; tu oublies souvent des trucs. Tu te souviens la fois où tu as débarqué à l'école avec tes chaussons coccinelle ?

On rit en se pliant comme des roseaux. C'est vrai que j'avais fait fort, cette fois-là !

Ce qui est bien avec Clémentine, c'est qu'elle sait toujours me rappeler les bons moments.

– Mais là, c'est autre chose, je réponds en reprenant mon sérieux. Je n'ai pas dormi de la nuit… Papi dort dans la chambre d'à côté de la mienne, tu sais ? Et il a fait un boucan ! Il allait, il venait, il pestait, il partait dans la cuisine se faire un lait chaud, il revenait en claquant la porte, il tempêtait, il insultait je ne sais qui, il déplaçait des meubles… Bref, impossible de fermer l'œil. Résultat, ce matin, j'avais mon cerveau à côté de ma tête !

Clémentine tapote ma cuisse et, du coup, mes petits ours bleus.

– Hmmm… Fais attention, parce que c'est exactement comme ça que les ennuis ont commencé pour ma mamie Lucienne. Elle s'est mise à faire des trucs bizarres, elle avait un comportement louche, et ça s'est terminé au poste de police !

– Ah oui, je me souviens de cette histoire ! Le braquage de la supérette ![1*] Ça avait fait du bruit !

– Avec les papis et les mamies, faut toujours se méfier ! Ils ont l'air vieux et fragiles, un peu rêveurs, et en fait ils peuvent être super inventifs, très efficaces… et inarrêtables. Quand ils passent à l'attaque, crois-moi, ça dépote !

1* Ça s'est passé dans *Les Mamies attaquent !* Mais si tu ne l'as pas lu, c'est pas grave. Finis tranquillement *Les Papis*, tu le liras après ;-)

Je lisse mon pyjama sur mes jambes pour caresser les petits oursons. Je suis bien embêtée : Clémentine a raison, je le sens. Il se passe quelque chose.

– Oui, je vais lui demander ce qui le tracasse.

Quand je rentre de l'école, Papi est à la maison. Il fait des crêpes. Eh oui, mon papi cuisine comme un chef. Mais un chef de colonie de vacances : il prépare toujours de très grosses quantités. Par exemple, là, il a rempli une bassine de pâte à crêpes.

– T'en as encore fait pour un régiment, je dis alors qu'il verse une louche dans la poêle fumante.

– Bonjour, d'abord ! Et c'est pas pour un régiment, c'est pour les copains qui débarquent dans une demi-heure. Tu verras, ça va partir vite : moi, j'en mange bien une dizaine, les trois autres aussi, toi tu ne vas pas faire la fine bouche. Ta mère, si, mais elle en avalera bien une ou deux.

Ça, c'est mon papi : hop hop hop, il aime que ça roule comme il faut, c'est-à-dire comme il l'a décidé !

Comme j'aime bien lui faire plaisir, je m'attaque tout de suite à la première crêpe, celle qui est toujours un peu loupée, la crêpe pour se faire la main. Elle est moche, pleine de trous, mais elle est merveilleuse !

– Un déliche, je dis. Au fait, qu'est-che que tu fais là ? je demande. Tu n'es pas à l'aviron ?

– Non, je ne suis pas à l'aviron, comme tu peux le voir, à moins que je n'aie le don d'ubiquité ! répond-il en lançant la deuxième crêpe.

– T'es ronchonchon !

– Ronchonchon, non. Furieux, oui !

Et il envoie la crêpe dans les airs, qui retombe comme une crêpe, ce qui est logique, mais à côté de la poêle, direct sur la plaque de cuisson.

– Nom d'une roue carrée ! tempête-t-il. C'est pas ma journée ! D'ailleurs, ce n'est pas ma semaine. Depuis que Léonard s'est cassé la patte, rien ne va plus !

– Aïe, c'est vrai… Il n'est toujours pas sorti ?

– Oh que non. Il y est depuis samedi matin. Ça fait donc trois jours. Et ça ne peut plus durer, je te le dis !

À l'époque où il travaillait, Papi Gérard était déménageur. Toujours sur la route, à vider une maison, à en remplir une autre.

Quand il a pris sa retraite, il est venu s'installer chez nous : ma grand-mère était morte depuis longtemps, il ne savait pas trop où aller (à part dans son camion, mais bon, c'était un peu petit pour y passer ses journées). Et puis on avait de la place vu que Papa était parti deux ans avant pour « refaire sa vie », comme on dit, loin de nous.

Depuis, Papi donne encore quelques coups de main de-ci de-là avec son camion, pour mettre du beurre dans les épinards. Et sur les crêpes.

Mais ce qui occupe la majeure partie de son temps, c'est l'aviron. Il le pratique avec quatre copains, en équipe senior (enfin, senior plus). Ils ont tous 70 ans bien tassés et des prénoms qui font immédiatement comprendre qu'ils ont cet âge-là, vu que plus personne ne les porte aujourd'hui.

Leur nom d'équipe, c'est le « **Club des Lascars** ».

Évidemment, c'est Papi Gérard qui a choisi. Oscar, le prof de français, voulait « **Les Cabochards** », pour dire qu'ils en avaient dans la caboche.

Réponse de Papi :

– Pourquoi pas les têtards, tant qu'on y est ? Eux aussi, ils ont une grosse tête !

Bernard, le pharmacien, avait proposé « **Les gyrophares** », par rapport aux lumières sur les ambulances qui foncent dans la ville à toute allure et sauvent des vies.

Réponse de Papi :

– Et on va faire des bruits de sirène pendant la course, aussi !? N'importe quoi !

Léonard, l'architecte, voulait « **Les Drakkar**s », pour faire un peu mauvais garçons, comme ça ils feraient peur aux adversaires, ils pourraient porter des blousons en cuir…

Réponse de Papi :

– Même avec un casque et une hache, tu ne ferais pas peur à un petit enfant de deux ans ! (C'est vrai qu'il a une trop bonne tête, Léonard, on a tout de suite envie de l'embrasser.)

Quant à Richard, le chapelier, il réclamait « **Les Stars** », parce que c'est un mot anglais, comme lui.

Réponse de Papi…

Aucune, il a seulement soupiré.

Bref, vous l'aurez compris : tous ces papis ont des prénoms qui, en plus d'être un peu ringards, se terminent en « ar ». Ils s'en sont amusés et se sont dit que ça leur faisait encore un point commun, en plus de la pratique intensive de l'aviron et de l'amitié qui commençait déjà à les lier.

Tiens, on sonne à la porte. Ça doit être Oscar, il est toujours à l'heure. Déformation professionnelle : sa vie entière a été rythmée par les sonneries de l'école...

Je cours lui ouvrir. Il apparaît dans l'embrasure de la porte, la mèche au vent, comme les héros romantiques, les lunettes sur le nez parce qu'il lit beaucoup de livres, pas très grand de taille parce que c'est ainsi.

– Salut, Oscar ! lui crie Papi en le voyant entrer dans puis la cuisine. Tu tombes bien, tu vas finir de faire les crêpes !

Et il lui colle la louche dans les mains.

– Mais...

– Si j'ai besoin de ton avis, je te le demanderai, précise Papi.

Oui, bon, Papi est un tantinet autoritaire. Un tantinet beaucoup, même. Enfin, c'est comme ça. Dans le **Club des Lascars**, c'est lui le chef. Et vu sa corpulence et sa voix (elle est grave et elle porte), les autres n'osent pas le contrarier.

Oscar enfile donc le tablier, le noue autour de sa taille en soupirant et s'installe devant la gazinière.

– « **Je suis comme le roi d'un pays pluvieux, Riche, mais impuissant, jeune et pourtant très vieux** », marmonne-t-il. Baudelaire.

(Oui, Oscar passe son temps à citer des poètes et des écrivains, autre déformation professionnelle.)

– Allez ! il se reprend. C'est parti pour des crêpes !

Le pire, c'est qu'il vient sûrement de passer une heure chez lui à préparer un lapin aux pruneaux ou un canard à l'orange parce que sa femme Émilienne (que Papi surnomme « le dragon ») l'a exigé pour son dîner. Il est trop gentil, Oscar !

Ça sonne à nouveau. J'ouvre. Bernard sautille dans le couloir, en survêtement ; il est venu en courant, il s'entretient, c'est important. Bernard est pharmacien, il prend soin de lui et de sa santé, il se vaccine contre tout, il a peur d'attraper toutes les maladies, il croque des vitamines sans arrêt, il se frictionne la tête avec une lotion anti-chute de cheveux. Mais malgré tout ça, il est blanc comme un cachet d'aspirine et il a toujours l'air malade.

Là, en plus, il est hors d'haleine. Ses cheveux bouclés sont mouillés de transpiration, ses jambes maigrelettes s'entrechoquent, des gouttes de sueur roulent le long de son grand nez.

– Bonjour, ma petite Guenièvre… Oh, tu es bien pâlichonne. Fais-moi penser à t'apporter des ampoules de vitamine B la prochaine fois, sinon tu vas tomber malade cet hiver !

Sur ces bonnes paroles, il entre à petites foulées dans l'appartement, courbé en deux, à la recherche de son souffle.

En arrivant dans le salon, il hume l'odeur des crêpes venant de la cuisine.

Il précise aussitôt qu'il n'en mangera pas, car il redoute d'être allergique au gluten. Papi répond qu'il aimerait bien voir ça, tiens.

Puis arrive Richard l'Anglais. Le plus grand de tous, le plus dégarni, le plus coquet, le plus distingué aussi. Il ôte d'ailleurs son chapeau et me salue d'un geste ample d'une autre époque.

– Hello, mon petite cocotte.

Richard est anglais, je le répète. Ça fait que le masculin, le féminin, enfin le genre des mots, quoi, est toujours très approximatif chez lui. Et qu'il met toujours les adjectifs avant les noms. Et que la conjugaison, ce n'est pas vraiment ça. Mais ça a son charme !

Lui, avant, il travaillait comme chapelier. Son rêve de petit garçon, c'était qu'un jour, la Reine d'Angleterre porte un de ses chapeaux. Et il a réussi ! Il se promène toujours avec une photo de « Sa Gracieuse Majesté » coiffée d'un petit chapeau mauve avec une immense plume d'autruche, création originale de Richard !

Des chapeaux, il s'en fabrique pour lui aussi. Il en a plein, de toutes les formes et de toutes les couleurs. Ce qui a son charme.

C'est peut-être à cause de tout ce charme anglais que les oiseaux l'adorent… Figurez-vous qu'il en a toujours quelques-uns qui le suivent, voletant autour de sa tête ou se perchant sur ses épaules ! Il les récompense avec de petites graines qu'il trimbale dans ses poches. En plus de la photo de la Reine.

Les deux « **Lascars** » se regroupent autour de Papi dans la cuisine. Oscar n'a pas encore fini sa bassine de pâte à crêpes, et il ne s'agit pas qu'il rate un mot de ce conseil de guerre (ni qu'il arrête de cuisiner, le pauvre !)

Papi s'adosse au plan de travail et croise les bras pendant que Bernard et Richard s'assoient autour de la table ronde où nous dînons parfois sur le pouce. Moi, je me fais toute petite, entre l'évier et le frigo, pour suivre leur discussion.

– Bon, mes gaillards, l'heure est grave ! La compète a lieu dimanche prochain, et on n'a toujours pas récupéré notre barreur ! Ça fait trois jours maintenant que Léonard s'est cassé la patte et on ne peut pas se leurrer plus longtemps : sans lui, on passe pour des tocards ! À l'entraînement, hier, on faisait des ronds dans l'eau. Or on n'est pas des canards, que je sache !

Les trois autres acquiescent en chœur. Ils ne sont pas des canards.

Papi laisse passer une seconde, et puis il reprend, de sa voix de stentor qui fait sursauter tout le monde :

– Faut qu'on trouve une solution pour récupérer Léonard ! Ils nous l'ont mis dans cet horrible « Ehpad », cette maison de retraite pour vieux croulants, alors qu'il n'a qu'une petite fracture de rien du tout et qu'il peut tout à fait continuer à faire le job. C'est stupide ! On doit agir. Concrètement, ça veut dire qu'on a six jours pour le sortir de là ! Tout le monde est d'accord !?

Richard opine du chef : le « job », c'est un mot de chez lui, il est content. Il attrape une crêpe qu'il saupoudre de sucre et la croque avec gourmandise.

– *Delicious*, dit-il à Oscar, qui lui sourit en retour, avant de faire sauter la suivante.

– Euh, Richard, si je puis me permettre, tente Bernard (qui, lui, essaie toujours de retrouver son souffle), tu ne devrais pas sucrer ta crêpe. Les crêpes sucrées, ce n'est pas bon pour le cholestérol et donc pour le cœur, je ne voudrais pas que…

– Non, tu ne peux pas te permettre, le coupe Papi. D'ailleurs, tu vas me faire le plaisir d'en prendre une aussi !

Évidemment, Bernard obéit. Du bout des doigts, il attrape une crêpe dans l'assiette, y ajoute une pincée de sucre, mord dedans… et sourit de contentement. Le cholestérol, ça a du bon.

– Bon, reprend Papi. L'idée, c'est de sortir au plus vite Léonard de cette prison. Sinon, dans dix jours il sucre les fraises et dans vingt, il bouffe les pissenlits par la racine.

Richard hoche à nouveau la tête, mais cette fois, je mettrais ma main à couper qu'il n'a rien compris au langage imagé de mon grand-père. Je n'interviens pas pour faire la traduction : ils ont oublié que j'étais là et ça me va très bien.

Papi lève un index décidé.

– Voilà mon plan : on y va, on entre, on dit bonjour et on repart avec Léonard. Et puis c'est tout, nom d'une commode Louis XIX !

Bernard, tout de même, fait la grimace en avalant son morceau de crêpe.

– Si je puis me permettre, je ne crois pas que ce sera aussi simple, car…

– Tu ne peux toujours pas te permettre ! le coupe une nouvelle fois Papi. OK, c'est clair pour tout le monde ? Richard, Oscar ?

Bien forcés, les deux autres acquiescent, chacun à sa place. Richard se gratte le crâne pendant qu'Oscar commence à laver la bassine de pâte à crêpes, dont il est venu à bout.

– Alors c'est parfait, dit Papi. Rendez-vous devant le mouroir demain, à 10 heures. Et on apportera des crêpes pour convaincre ceux qui voudraient nous mettre des bâtons dans les roues.

Moi je ne dis rien, mais je suis plutôt de l'avis de Bernard. Ça ne va pas être si simple, et je ne suis pas sûre que les crêpes suffiront…

BONUS 1

Le gang des Lascars

LES PAPIS
EN TENUE DE SPORTIFS

Bernard
Le pharmacien
Oscar
Le prof
Léonard
L'architecte

2

UNE MAILLE À L'ENDROIT, UNE MAILLE À L'ENVERS

J-5 (mardi)

Dix minutes plus tard, Maman débarque. Elle virevolte jusqu'à nous. C'est parce qu'elle est professeure de danse : elle ne sait pas se déplacer normalement ! Elle saute, ou elle tourne ou elle glisse, mais jamais elle ne marche comme tout le monde.

– Oh, des crêpes ! dit-elle en applaudissant.

Maman applaudit aussi beaucoup. Elle se croit souvent au spectacle. Il faut dire qu'avec nous, enfin avec Papi surtout, elle n'a pas tout à fait tort.

Elle attrape sa crêpe et la butine avec appétit. Et puis, elle constate la hauteur de la pile.

– Oh, beaucoup de crêpes !

– Oui, dit Papi, nous allons faire une distribution demain à l'Ehpad de la ville.

Maman applaudit une nouvelle fois :

– Hé bien, c'est gentil, ça alors !

– Oui, nous sommes des gentils, dit Papi.

Sur ce, Maman file prendre sa douche. Elle en a besoin, après des heures et des heures à faire suer son corps.

– Moins elle en sait, mieux on se porte ! me glisse Papi dès qu'elle est partie. Elle est bavarde, ta mère. Tu vas voir que demain, toute la ville est au courant qu'on a apporté des crêpes à la maison de vieux ! Elle va en parler à une gamine du cours de danse, qui va le répéter à ses parents, qui vont le dire à la voisine, qui va en informer la boulangère et je te parie que même les chiens aboieront la nouvelle. Tiens, à propos : il a eu sa crêpe, Béjart ?

Béjart, c'est le nom de notre chien. Il fallait que son nom se finisse en ar, parce que c'est Papi qui l'a trouvé dans la rue, à côté d'une poubelle. Mais comme c'était quand même chez elle qu'il allait vivre, Maman lui a donné le nom d'un célèbre danseur, pour compenser – Maurice Béjart, je crois.

C'est un briard (ça non, plus ça ne s'invente pas) ; il est brun, costaud, poilu, faut toujours lui couper la frange.

Un peu comme Papi, finalement, sauf pour la frange.

***

Le lendemain, mardi, à 10 heures précises (Papi ne plaisante pas avec les horaires), tous les papis sont alignés devant l'entrée de l'Ehpad.

Et moi avec. Ben oui, ça vous étonne ? Je fais tout avec Papi, vous voyez. Les sorties scolaires, les courses, la piscine, l'aviron, les promenades avec Béjart, les devoirs, les crêpes-party… on ne se quitte jamais d'une semelle ! Je crois qu'on aime bien être ensemble, tout simplement. Alors, ce matin, il a appelé l'école et prétendu que j'avais vomi toute la nuit. C'est assez radical.

J'ai quand même téléphoné à Clémentine pour lui expliquer que c'était pour de faux, l'intoxication alimentaire, et que si je restais avec les papis, c'était surtout pour les surveiller.

Elle m'a souhaité bonne chance et m'a conseillé de garder toujours un œil ouvert. On ne sait jamais.

On s'est tous bien habillés. On vient pour une démarche officielle, alors on a fait un effort. Je porte l'assiette avec les crêpes. Richard, lui, est coiffé d'un chapeau vert piqué d'une immense plume de faisan. Ça fait un peu Robin des bois. Peut-être que c'est approprié, pour une fois.

Quant à Papi, il trépigne. D'abord parce qu'il a hâte que tout cela soit fini, mais aussi parce que « le costard », comme il dit, est loin d'être son vêtement préféré : ça serre, ça engonce, ça gêne. Il grogne presque autant que Béjart, qui tourne entre nos jambes (ben oui, on n'allait quand même pas le laisser tout seul à la maison).

Le bâtiment est grand, sinistre, beige et vétuste. Au moment où on franchit l'entrée, Béjart pousse un long cri de désespoir. Comme s'il était un loup hurlant à la mort.

– Béjart a raison, dit Papi. Léonard est en danger : si on le laisse là-dedans, il va devenir aussi gris que cette bicoque !

– « *L'homme est né libre et partout il est dans les fers* », murmure Oscar en fixant les barreaux qui condamnent les fenêtres.

– C'est beau, ça ! s'écrie Papi. Et c'est vrai ! Ce n'est pas la moitié d'un âne qui a dit ça ! C'est de qui ?

– Jean-Jacques Rousseau.

Nous sommes dans le sas d'entrée, une sorte de petite prison de verre. Nous pouvons encore faire marche arrière et retrouver notre liberté.

– Je suis sûr qu'on pourrait être copains, lui et moi.

– Il est mort depuis quatre siècles.

– Mince ! Il a dû vivre ici, c'est sûr… ça l'a achevé. Allez les briscards, c'est parti !

Oscar se garde bien de lui préciser que Rousseau n'a certainement pas pu vivre dans un Ehpad, vu que ça n'existait pas à l'époque. Ça ne servirait à rien.

Il emboîte le pas du chef et des autres qui le suivent. Béjart et moi fermons la marche. Nous sortons du sas.

Nous nous arrêtons dans le hall vaste, au sol carrelé. Près des baies vitrées, il y a plein de petits vieux ratatinés sur les canapés, perdus dans des fauteuils. Ils nous sourient. Ils sont contents : quelque chose arrive, quelque chose de nouveau.

– Oh, ça sent comme chez moi ! se réjouit Bernard, les narines dilatées. Une bonne odeur de pharmacie !

– Normal, je suis sûr qu'ils les bourrent de médocs pour qu'ils ne se rendent compte de rien ! dit Papi. Les criminels !

– Moi, je trouve que ça sentir comme quand je prépare le soupe des légumes, dit Richard.

– T'as raison ! crie Papi. C'est horrible ! Ça sent le poireau et la patate… et il n'est que 10 heures du matin, nom d'une gazinière froide ! Je suis sûr que ce pauvre Léonard déjeune à 11 heures, dîne à 17 heures, se couche à 19 heures, et qu'à 21 heures il est mort de déprime. Il faut l'exfiltrer au plus vite !

En général, je n'aime pas trop quand Papi s'énerve parce que dans ces moments-là, il agit d'abord et après seulement, il réfléchit à ce qu'il vient de faire. Et j'ai remarqué que dans la vie, c'est mieux de faire l'inverse.

D'un pas décidé, Papi s'approche du bureau d'accueil. Nous le suivons tous. Béjart aussi, en remuant la queue. Il y a de l'action, et Béjart aime ça, comme les petits vieux. Surtout si on lui lance un bâton.

– Les animaux sont interdits dans cet établissement ! nous informe une voix mal aimable provenant de la bouche d'une dame qui n'a pas l'air plus aimable.

Elle a une tête toute carrée, des cheveux bruns et courts, des yeux perçants qui luisent derrière des lunettes vertes, des joues molles, et deux rigoles le long de la bouche qui descendent vers son menton et lui donnent un air mécontent.

Papi se raidit. Les gens qui n'aiment pas les animaux, Papi ne les aime pas. Les gens qui n'aiment pas Béjart, Papi les déteste. Nous le voyons prendre une bonne bouffée d'air chargé d'odeurs de soupe et de médicaments, expirer lentement, puis s'approcher encore du comptoir.

– Il va la massacrer ! nous dit Bernard. Heureusement que j'ai pris ma trousse de secours. Y a tout ce qu'il faut, là-dedans !

Et il tapote sa mallette en cuir d'une autre époque.

– Mais non, lui est une gentleman, nuance Richard, il ne peut pas taper sur un femelle.

– On dit « une femme », le reprend Oscar. « Femelle », c'est pour les animaux.

– Ah oui pardon, ça pourtant je savoir, se reprend Richard en s'emmêlant un peu les pinceaux.

Cependant, Papi a posé les mains sur le comptoir. Et il semblerait qu'il ait décidé de nous étonner…

– Bonjour ma petite dame, dit-il avec un grand sourire – forcé, certes, mais sourire tout de même. Nous venons voir Léonard. Léonard Ibsen. Il a été admis ici récemment.

Dans un grognement, la dame de l'accueil se lève de son siège. Elle a les sourcils froncés, l'air revêche. Et on s'aperçoit qu'elle fait presque la taille de Papi. Et la même carrure.

– Elle pas du tout être «pitite dame» en fait! murmure Richard. Grand femelle! Euh, pardon, grand femme!

Elle plante ses poings sur ses hanches.

– Alors le *petit monsieur,* il va commencer par laisser son chien dehors, et après on verra ce qu'on peut faire.

Les deux rigoles autour de sa bouche se creusent davantage. Apparemment, elle n'a pas apprécié le « ma petite dame ». C'est peut-être le « ma » qui l'a agacée: elle estime qu'elle n'appartient à personne, encore moins à Papi. Ou bien le « petite », vu qu'elle est carrément mastoc. Ou bien le « dame », qui fait trop da-dame à son goût?

Faut dire qu'on est loin du tailleur-collier de perles. Elle est plutôt pantalon de chantier et polaire vert kaki.

Papi Gérard est un peu décontenancé. Ça ne dure que deux secondes, cela dit, car il reprend vite du poil de la bête. Je le connais, mon papi : un vrai chat (enfin, plutôt un gros matou) qui retombe toujours sur ses pattes. Avec plus ou moins de grâce, certes.

– Vous voulez me séparer de Béjart, mon chien, mon plus fidèle compagnon, le meilleur ami de l'homme ? réplique-t-il en levant les deux sourcils et en plissant le front en même temps, ce qui n'est pas facile à faire et produit toujours un certain effet.

– Tout à fait, affirme la dragonne.

– Vous n'avez donc pas de cœur ! pique Papi.

– Tout à fait, confirme la géante.

– Très bien… C'est vous qui l'aurez voulu.

Papi retraverse le hall avec Béjart. Il l'attache devant la porte et lui dit :

– Mon chien, on t'exclut, on te rejette, on ne veut pas de toi. Je n'y peux rien. Les gens sont parfois pires que des bêtes. Plus bêtes que des bêtes. Bref. Tu as le droit d'exprimer ton désaccord et ton indignation !

Il tourne les yeux vers la dame de l'accueil et la regarde fixement. Puis il tapote doucement sur la tête de Béjart.

– Vas-y, mon vieux : ne te gêne pas !

Aussitôt, Béjart se met à aboyer. Pas du petit couinement de caniche, attention ! De bons gros jappements de briard, qui font sursauter tous les vieux installés dans le hall, même ceux qui sont sourds comme des pots !

– Elle veut la guerre, elle va l'avoir, nous assure Papi en retournant vers l'accueil.

WOUF WOUF WOUF WOUF WOUF
WOUF WOUF WOUF WOUF!!!

Mais l'ennemie est coriace. Elle campe sur ses positions, poings sur les hanches, jambes écartées. Elle n'a pas du tout l'air intimidée.

– C'est Cerbère, cette femme ! commente Oscar tout bas. Le chien gardien des Enfers. Doté de trois têtes, féroce, sanguinaire, il ne laisse passer personne. Sauf les morts. On n'arrivera jamais à récupérer notre Léonard…

WOUF WOUF WOUF WOUF WOUF WOUF WOUF WOUF WOUF!!!

Les papis échangent des regards inquiets. Ils ne s'attendaient pas à rencontrer une telle résistance dès le début de leur expédition. Ils sont tombés sur un os, et un sacré os ! Je les sens un peu dépassés par les événements, pour tout dire.

– BON ! ALORS, QU'EST-CE QU'IL VEUT, LE PETIT MONSIEUR ?! hurle Cerbère pour se faire entendre par-dessus les aboiements de Béjart.

– IL VEUT VOIR SON AMI, LÉONARD ! tonne Papi sur le même volume sonore.

WOUF WOUF WOUF WOUF WOUF WOUF WOUF WOUF!!!

– Z'ÊTES DE LA FAMILLE ? s'époumone la redoutable gardienne.

– ÇA VOUS REGARDE ? rétorque Papi, écarlate.

– SACHEZ QUE TOUT CE QUI CONCERNE CET ÉTABLISSEMENT ET SES RÉSIDENTS ME REGARDE !!!

Là-dessus, elle remonte la fermeture Éclair de sa polaire bien sous son menton. Ça lui donne un air encore plus raide et inflexible. Histoire de nous montrer que ça ne va pas se passer comme nous le voulons, et que ça ne va pas bien se passer du tout. Je vois les papis vaciller légèrement.

– C'est Cerbère, je vous dis : trois têtes, six yeux… Rien ne lui échappe, on est foutus ! se lamente Oscar.

WOUF WOUF WOUF WOUF WOUF
WOUF WOUF WOUF !!!

Même Papi semble embêté. Il regarde à gauche, il regarde à droite, il se tourne vers nous. Il me montre la paume de ses mains, ce qui veut dire « *Je n'ai pas les bons outils à disposition pour résoudre ce problème* ». Nous lui montrons à notre tour nos mains vides : nous n'avons pas d'idée non plus, nous sommes secs également. Alors Papi tente un coup désespéré, une estocade de dernier recours, un geste sublime :

– **SINON, VOUS AIMEZ LES CRÊPES ?**

– **JE SUIS AU RÉGIME !** rugit Cerbère.

Papi marque un temps. Puis il hurle :

– **HÉ BEN, ON DIRAIT PAS !**

Aïe… c'était *la* chose à ne pas dire !! Même Béjart s'arrête d'aboyer en sentant la gêne qui s'empare de tout le monde.

Papi tourne les talons. Il a tout tenté. Il repart, le plus fièrement qu'il peut. Assez piteusement, en fait.

Alors je prends le relais. En planquant mes crêpes derrière mon dos. Pas folle, la guêpe.

– Bonjour Madame. Je m'appelle Guenièvre, j'ai dix ans. Léonard est mon grand-père. Il est barreur dans un club d'aviron, et il était architecte de profession. Il aime les madeleines, les calamars à l'armoricaine, les romans policiers, l'harmonica. Je m'inquiète pour lui. J'aimerais bien le voir. S'il vous plaît, Madame.

J'ai tout donné ! J'ajoute quand même les yeux de chaton malheureux qui n'a pas mangé depuis trois jours.

– Atelier tricot, répond laconiquement Cerbère en inclinant la tête. Au fond du couloir à gauche.

Gagné !!! Nous filons vers le couloir aussi discrètement que possible, sur la pointe des pieds, comme les Rapetou. Il ne s'agirait pas qu'elle change d'avis, qu'elle nous tombe dessus et qu'elle nous morde avec l'une de ses trois mâchoires !

– Bravo, Guenièvre ! me glisse Richard. Merveilleux championne ! Quel parfait actrice toi avoir été !

– Attendez, vous avez entendu la même chose que moi ? s'interroge Bernard en réajustant son nœud de cravate. Atelier tricot… Il tricote, Léonard ?

– Elle a dit n'importe quoi, la mégère ! assure Papi. Du tricot ! Puis quoi encore, nom d'un bidet !? Si Léo tricote, moi je fais le grand écart !

– Et moi, je conjugue le verbe coudre à tous les temps de tous les modes ! ajoute Oscar. Ah non, ça je sais le faire. C'est même très facile, en fait. *Je couds, tu couds…*

Nous arrivons au bout du couloir alors qu'Oscar continue ses conjugaisons. La porte d'une salle est ouverte, nous passons la tête.

Et là, nous apercevons des chaises…

Papi a un mouvement de recul, comme s'il avait vu un vampire. Ou un zombie. Ou la dame de l'accueil toute nue.

– Il tricote ! Je l'ai vu ! Ils nous l'ont transformé en mamie !

– Toi, tu êtes sexiste ! s'offusque Richard. Moi aussi, je tricote.

– Oui, mais toi tu es anglais. Tu ne fais rien comme les autres. La preuve : tu mets des chapeaux ! Et des costumes à carreaux ! Et tu roules du mauvais côté de la route !

– Moi, intervient Bernard, je ne serais pas contre recevoir une belle écharpe tricotée maison pour Noël. Ça garderait mes amygdales au chaud ! Et c'est important d'avoir les amygdales au chaud !

– Tu ne veux pas le bonnet d'âne qui va avec l'écharpe ?! s'énerve Papi. On a notre pote qui est en train de faire du tricot, et toi tu nous parles de tes amygdales ! Non mais ça ne va pas la tête !?

– Un bonnet assorti, c'est une bonne idée ! Quand on a chaud à la tête, on a chaud partout. En effet, le corps dépense toute son énergie pour maintenir en premier lieu le cerveau au chaud. Ensuite seulement, il s'occupe du reste du corps. Donc, si la tête est au chaud, le corps peut s'occuper d'envoyer de la chaleur dans les autres organes. Si tu as chaud à la tête, tu as chaud aux pieds.

Papi n'écoute plus : il est déjà entré dans la salle.

Au milieu, un petit cercle de chaises s'est formé avec, en son centre, une dame qui explique apparemment comment confectionner la plus grande écharpe du monde, vu le long tricot qui traîne derrière elle (et le nombre d'aiguilles plantées dans son chignon).

Il n'y a que des mamies dans ce cercle. À l'exception de notre Léonard, concentré sur ses aiguilles.

– Bonjour Mesdames, ne vous dérangez pas ! De toute façon, il y en a une bonne moitié d'entre vous qui ne peuvent pas se lever, je suppose ? On vient chercher notre ami Léo, on ne reste pas longtemps.

– Bonjour Messieurs ! répond la dame qui tricote au kilomètre. Vous venez pour l'atelier tricot ?

– Non, plutôt pour l'atelier évasion, répond sèchement Papi.

– Ah, très bien, répond la dame qui n'a pas dû bien comprendre.

Discrètement, Papi se tapote la tempe avec l'index. Ils sont tous zinzins, là-dedans.

– Mes amis ! Quel bonheur de vous voir ! s'exclame Léonard qui vient de se rendre compte de notre présence et se lève pour venir à notre rencontre.

Malheureusement, il n'est pas très mobile et il retombe vite dans son fauteuil. Il a oublié l'énorme plâtre qui enserre son mollet et son pied.

Bernard s'élance vers lui et le remet sur pieds.

– Appuie-toi sur moi, lui dit-il. Et si tu as mal quelque part, j'ai apporté tout ce qu'il faut ! Un petit cachet et la douleur s'évaporera comme un nuage de fumée !

– On porte toi si tu veux, propose Richard en montrant à Oscar comment faire une chaise à porteurs. Tu être sur une trône de reine avec nous.

– « *La passion du trône est seule toujours belle, seule à qui l'âme doive une ardeur immortelle* », comme dirait Corneille, ajoute Oscar en attrapant les mains croisées de Richard.

– Allez viens, surenchérit Papi en attrapant Léonard sous son autre bras. On s'en va ! On quitte ce lieu de dingos, nom d'un fauteuil à bascule ! Il y a une course qui nous attend dimanche et il s'agit de la gagner !

– QU'EST-CE QUE VOUS FAITES ? hurle soudain une voix provenant d'un corps massif qui s'est mis en travers de la porte.

Cerbère !

– Ben, on vient de le dire : on s'en va ! répète Papi. Vous êtes sourde, vous aussi ? C'est à force de travailler ici ?

Ouille, aïe, hiille… c'était la deuxième chose à ne pas dire ! Aussitôt, elle se rue sur nous, le doigt menaçant, le pas vigoureux, le sourire absent.

– Vous vous en allez, ça oui. Et le plus tôt sera le mieux. Mais le monsieur, il reste ici ! assène-t-elle.

– Je crois que vous n'avez pas bien compris, rétorque Papi en croisant les bras. Nous sommes une équipe ! Une équipe d'aviron, pour être précis ! Donc on part ensemble, on reste ensemble ! Et on ne laisse jamais un copain dans l'eau, sur le bord de la route ou dans un Ehpad !

Nous faisons bloc autour de Papi. Il s'agit de lui faire peur, à l'autre Cerbère. De lui montrer qu'elle est toute seule et que nous sommes en nombre contre elle. Une seule personne, aussi costaude soit-elle, contre un groupe compact et déterminé qui fronce les sourcils en même temps.

– Je crois que c'est vous qui n'avez pas bien compris ! nous répond-elle sans bouger un seul sourcil. Monsieur Ibsen reste ici pour se reposer et vous, vous rentrez chez vous. Immédiatement ! Ou je me fâche ! Et croyez-moi, je peux vous envoyer directement dans l'étang où vous avez l'habitude de ramer, si vous avez envie d'aller dire bonjour aux poissons !

Silence. Puis Papi quitte le groupe et s'approche de Cerbère. Ouh là… Il agite ses mains de part et d'autre de son corps musclé… ce qui veut dire qu'il détend ses doigts… ce qui veut dire qu'il va bientôt passer à l'attaque !

Nous connaissons tous ces signes annonciateurs, aussi nous mettons-nous en travers de sa route pour qu'il ne démolisse pas la molosse (qui pourrait le détruire elle aussi, attention, ce n'est pas exclu !)

Puis nous le poussons, tirons, traînons vers la sortie. Je lui prends fermement la main.

– Goodbye, toute le monde ! lance Richard en ôtant une nouvelle fois son chapeau. Au revoir, mon cher Madame. Ce fute une grande plaisir. Nous êtes vraiment honorés d'avoir fait votre découverte !

– Mes hommages, Madame, ajoute Oscar.

– On reviendra Léonard, c'est promis ! glisse Bernard à l'oreille de Léonard. On réfléchit à un plan

et on revient. Prends soin de toi ! Et tiens, avale ces vitamines. Et surtout, surtout, tiens-toi loin des virus !

Joignant le geste à la parole, Bernard lance une boîte de vitamine C à Léonard, qui l'attrape en plein vol.

– D'accord, merci, répond-il. À bientôt, les Lascars ! Je suis chambre 212 !

– Au moins, il a encore des réflexes ! nous rassure Bernard. Il n'est pas tout à fait perdu !

Quand nous nous retrouvons sur le parking, nous sommes un peu sonnés. Les choses ne se sont pas du tout déroulées comme prévu. Le plan était trop simple. Faut dire plutôt, on n'avait pas de plan.

Le roi des plans, en général, c'est Bernard. C'est lui qui anticipe tout, qui voit toujours le pire arriver, et qui par conséquent a des idées pour éviter les embûches. C'est pour ça qu'il est précieux dans l'équipe d'aviron : il flaire les mauvais coups des adversaires deux secondes avant les autres et hop, il change de tactique au dernier moment.

Papi ne desserre pas les dents : se faire mettre dehors, c'est trop pour lui. Il nous lance enfin :

– Rendez-vous demain pour le café à 13 heures. Faut finir les crêpes. Et se creuser les méninges, nom d'un grille-pain ! N'est-ce pas, Bernard !?

– On va surtout grossir, dans cette histoire, se plaint Bernard en s'éloignant.

3

CE QU'ON CHERCHE AU FOND DES PLACARDS

J-4 (mercredi)

Le lendemain matin, Papi est levé aux aurores. Je l'entends s'agiter dans la cuisine, remuer les assiettes, fourrager dans les placards, déplacer la table comme s'il préparait notre déménagement. C'est ce qu'il fait quand il est stressé : il bouge les objets, il les soulève, il les change de place.

Béjart fait de même avec sa truffe : il pousse sa gamelle, il gratte le radiateur, il envoie des coups de queue dans les tiroirs… On dirait un sanglier, sauf qu'il est dans une maison et pas dans une forêt !

Puis le bruit de quelque chose qui casse me fait me lever précipitamment. Maman me suit dans le couloir de l'appartement. Elle est sortie de sa chambre en entendant le boucan, comme moi. Je cours jusqu'à la cuisine, tandis qu'elle fait quelques déboulés, les bras en couronne. Délicate et gracieuse dès l'aube, c'est elle !

– On peut savoir ce que tu bricoles dans la cuisine à une heure si matinale, Papa ? demande Maman innocemment. Et pourquoi tu casses la vaisselle, maintenant ?

Maman est souvent dans son monde, un monde où tout glisse, tout s'enchaîne, tout danse.

– Pas fait exprès, bougonne Papi, gêné.

Béjart s'allonge sur le sol et met ses pattes sur sa truffe. Il est contrit, lui aussi.

– Tu cherches quelque chose ? reprend Maman en ramassant un bol d'une révérence.

– Une idée !

– Et tu la cherches au fond des placards ?

– Elle pourrait y être !

Sans commenter, Maman s'assoit et prépare tranquillement son muesli. La mauvaise humeur de Papi ne l'atteint pas. Elle ne s'en formalise pas. Elle sait bien qu'au fond, Papi est un vrai gentil.

Alors elle s'installe et mange, réfléchissant sans doute au programme de ses leçons de danse. Le mercredi est une grosse journée pour elle : elle enchaîne les cours, elle rentre toujours épuisée. Avec sa cuillère, elle fait des dessins dans l'espace… Ce sont les chorégraphies qu'elle invente pour tout à l'heure. Quelques flocons d'avoine tombent en pluie sur la table sans qu'elle s'en aperçoive.

– Tu vas être en retard ! lui dit soudain Papi.

– Oh mais c'est vrai ! Je file !

Elle glisse jusqu'à sa chambre, s'habille en une pirouette et repasse par la cuisine en nous lançant des baisers.

– Tiens, prends des crêpes pour tes élèves..., marmonne Papi.

– Merci merci ! Bonne journée, mes chéris !

Et elle disparaît dans un dernier entrechat.

– Ouf, de l'air ! dit Papi.

– Papi, tu exagères !

– Je sais, je sais. Ce n'est pas contre elle. C'est juste que j'ai besoin de me concentrer. Ça me rend malade de savoir Léonard coincé là-bas. D'ailleurs, il faut que je sorte ! Ça me fera du bien, plutôt que de tourner en rond dans cet appartement. Tiens, je vais t'accompagner à l'école. Et au passage, on s'arrêtera à la boulangerie pour acheter des croissants. En plus, ça dégourdira les pattes de Béjart !

Nous marchons. Nos haleines font de petits nuages devant nos bouches. Nous ne parlons plus ; nous sommes préoccupés.

En poussant la porte de la boulangerie, nous sommes accueillis par une bonne odeur de viennoiseries et de pain chaud. Nous sourions. Béjart jappe de bonheur. Le réconfort passe aussi par le nez.

– Ah, Monsieur Gérard ! s'exclame la boulangère en nous voyant. Justement, on voulait vous féliciter… Comme c'est gentil à vous d'aller distribuer des crêpes à ces pauvres vieux de la maison de retraite !

Nos sourires disparaissent. Papi prend son air pas content. Du coup, Béjart l'imite et se met à grogner. Sans rien remarquer, la boulangère dispose une nouvelle fournée de croissants chauds en vitrine.

– Qu'est-ce que je t'avais dit ? grogne Papi. Ta mère est trop bavarde ! Radio justaucorps ! Allez, bonne matinée ma cocotte. Et tâche de rester concentrée, toi !

À l'école, je me place dans la queue deux par deux avant de rentrer en classe. Je ne vois rien, je n'entends rien, je suis dans un nuage, mais je finis tout de même par reconnaître Clémentine parce qu'elle se met juste devant moi et me fait coucou comme si elle était sur le trottoir d'en face. Elle est drôle, Clem. C'est vraiment ma meilleure copine.

– Alors, ton papi ? me demande-t-elle tout bas, pour ne pas attirer l'attention de la maîtresse qui vient d'arriver.

– Ben, il fait un peu n'importe quoi, je réponds. Il a même failli se bagarrer avec une dame de l'EHPAD…

Les yeux de Clémentine s'écarquillent.

– Ah oui, quand même ? Je te dis, il faut faire attention. À cet âge-là, ils peuvent très vite perdre le sens des réalités.

– Oui, tout à fait, je réponds.

En passant devant la maîtresse, je croque dans mon croissant, que je viens de sortir de ma poche sans avoir vraiment conscience de ce que je fais. Je suis dans un nuage, je vous dis.

Le problème, c'est que la maîtresse est bien ancrée dans la réalité, elle, les deux pieds campés sur les marches de l'escalier. Elle ne me rate pas :

– Ça va Guenièvre, je ne te gêne pas ? Tu apportes de la nourriture en classe ? Peut-être désires-tu un chocolat chaud pour pouvoir tremper ton croissant dedans, tant qu'on y est ?

Et voilà comment on redescend de son nuage pour se retrouver avec cinquante lignes à recopier : « *Je ne dois pas manger de croissant chaud en classe.* »

Comme si je ne le savais pas !

C'est mercredi, l'école se termine donc à midi. Je rentre à la maison, toute bougonnante. Ça tombe bien : Papi bougonne aussi. Nous mangeons nos steaks et nos patates sans un mot. Puis il attrape plusieurs stylos qu'il scotche ensemble pour m'aider à faire ma punition plus rapidement.

Heureusement que j'ai un papi bricoleur ! Avec son dispositif, on peut faire cinq lignes d'un coup, c'est magique !

À 13 heures, quand **Les Lascars** sonnent à la porte, j'ai fini.

Richard a apporté un pudding, qu'il nous tend fièrement :

– À déguster un petite peu chaude avec du fraîche crème !

Bernard a apporté une boîte de gélules amincissantes :

– À avaler avant de manger quoi que ce soit !

Quant à Oscar, il a les mains vides.

– Je n'ai rien pu prendre, désolé, c'est très rustre de ma part, mais je ne voulais pas attirer l'attention d'Émilienne. Vous la connaissez…

Personne ne répond. On sait bien que la femme d'Oscar le surveille de très près. Il doit justifier la moindre sortie. Et quand il rentre en retard, il est privé de dessert pendant une semaine. Dur dur !

– Bon, les Lascars, c'est la cata ! commence Papi, toujours à cran. Échec, échec cuisant, hier, nom d'une table de ferme de 300 kilos ! À cause de ce Norbert à l'accueil qui s'est mis en travers de notre route…

– Cerbère, corrige Oscar (qui n'est pas prof pour rien).

– Norbert ou Cerbère, c'est bonnet blanc et blanc bonnet. Bref, il faut trouver un moyen de contourner ce molosse !

– Ou de le neutraliser, dit Bernard d'un air énigmatique.

Nous le regardons tous attentivement. Soudain, il ressemble un peu à un médecin sadique de films d'horreur, le genre avec une seringue pleine de poison sous sa blouse… D'ailleurs, il sort un flacon de gélules de sa poche en affichant un air mystérieux.

– Ceci contient de quoi endormir un éléphant. Voire un troupeau d'éléphants. Voire toute la savane ! Voici mon plan : on donne à Cerbère, aux infirmières et à tous les résidents un de ces cachets ; deux minutes après, ils dorment tous comme des bébés, on récupère

Léonard, on le fait sortir en toute tranquillité et l'affaire est réglée.

– Très bien, ça ! dit Papi. Très bon, je valide ! Bravo Nanard !

– Mais cette médicament… Se pourrait-il que cela est dangereux pour le santé ? demande Richard.

– Évidemment, ce sont des médicaments, dit Bernard en haussant les épaules. Il y a toujours un risque !

– On s'en fout, ils sont déjà vieux ! balaie Papi.

– Ah ben, bravo ! Félicitations ! s'indigne Oscar. On va donner de puissants somnifères à des personnes âgées qui ne s'en relèveront peut-être pas… C'est du propre ! Je dirais même plus : c'est un assassinat collectif, une mise à mort programmée, un génocide de vieux ! Un *gérontocide* ! Aussi longtemps que Dieu me prêtera vie, jamais, je dis bien jamais, je ne prendrai part à une telle ignominie ! Et je vous en voudrai éternellement si vous le faites. Car « **qui pardonne au crime en devient complice.** » Voltaire.

Oscar s'arrête, haletant, une part de pudding dans la main droite, la main gauche sur le cœur. Richard hoche la tête, d'un air pensif.

– Sans compter que si eux découvrir que nous avez drogué absolument tout le monde, nous finissez dans le dégoûtant prison, avec les cruels rats et les méchantes gardiens, ajoute-t-il dans son français tarabiscoté.

– Tu imagines, Gérard ? reprend Oscar. Toi, en prison ? Tu n'y survivras pas un jour ! Tu seras comme un fauve en cage, un saumon sauvage dans un aquarium, un albatros dans une volière ! Et tu te mourras lentement, tu agoniseras péniblement et on retrouvera ton corps au petit matin blême dans une cellule froide !

Pour une fois, les mots tragiques semblent faire effet sur Papi, qui est devenu blanc comme de la mie de pain.

– T'as raison ! répond-il au bout d'un temps de réflexion. C'est une idée débile ! Merci d'avoir essayé, Bernard, mais si c'est pour nous envoyer en taule avec Émilienne qui viendra nous apporter des oranges pourries, non merci ! Au suivant !

Mais le silence s'éternise. Personne n'a d'idée.

Finalement, je vais chercher le café pour réveiller les cerveaux **des Lascars** – et j'ajoute une tasse de thé pour Richard, qui ne boit que ça.

Les papis ont chacun le nez au-dessus de leur tasse, ils hument la bonne odeur de leur breuvage, mais leur langue ne se délie pas.

Timidement, je prends la parole :

– À mon avis, il faut miser sur nos compétences. Sur ce que l'on sait faire, ce à quoi on est bons. C'est ce que dit toujours la maîtresse. Développer son talent.

– Moi, c'est les médicaments ! Et les plans bien ficelés… même s'ils n'ont pas l'air de plaire à tout le monde, commence Bernard, vexé.

– Moi, c'est le préparation du thé, de la pudding, le couture, les oiseaux et les chapeaux, dit Richard. Tous des inutiles choses qui ne servent à rien, ajoute-t-il en baissant la tête…

– Moi, c'est la littérature, ajoute Oscar. Encore pire !

– Tu l'as dit, grogne Papi, toujours encourageant. Bref ! Moi, c'est le déménagement. Et on ne va pas déménager la maison de retraite !

Re-silence.

Les papis contemplent leur tasse et mordent en silence dans leur part de pudding.

– *Yes !* crie soudain Richard. J'ai un merveilleuse idée, un génial trouvaille ! *On va déménager le Léonard de le maison de la retraite !*

– Bernard, tu lui as mis quelque chose dans son thé ? demande Papi, suspicieux.

– Non, je le jure, jure Bernard.

Richard ne relève pas ; il a l'air en transse.

– On va prendre la immense camion de toi, on va mettre un grosse armoire dedans, on va dire que nous apportons meuble pour le triste Léonard, pour que lui sentir comme à son maison, et Léonard se cacher dans le grosse armoire et nous repartir avec lui.

Nous regardons Richard avec de grands yeux.

Puis, Papi s'écrie :

– Vous les rosbifs, vous roulez du mauvais côté de la route, mais vous avez quand même de sacrées bonnes idées ! Dans mes bras, mon Richard !

Et Richard est soulevé de sa chaise par les bras costauds de Papi. Le déménagement commence maintenant !

À présent, il faut préparer l'intervention. La dernière fois, l'improvisation n'a pas eu que du bon !

Papi s'en charge :

– Toi, Oscar, tu iras direct à l'accueil et tu te charges de la Cerbère. Tu as le don pour parler, baratiner, embobiner ton monde. Tu lui réciteras des poèmes, tu lui parleras de Jean-Paul Rousseau, je ne sais pas, mais

tu nous l'occupes ! Et même, si tu t'y prends bien, tu nous l'endors ! Après tout, ça marche avec moi. Parfois, quand tu me racontes le dernier livre que tu as lu, ça m'endort direct, c'est super ! Ça marche mieux que les somnifères de Bernard !

– Merci, dit Oscar, dépité.

– De rien mon ami, répond Papi, tout content de son compliment. Pendant ce temps-là, nous transporterons l'armoire. On va prendre celle-là !

Il montre l'armoire normande de la salle à manger. Bernard se lève et en ouvre les portes avec précaution.

– Tu es sûr que Léonard rentre là-dedans ?

– Il rentre dans un quatre de pointe avec barreur de 54,8 cm de large et 34 de profondeur ! Alors une armoire normande, c'est limite trop grand pour lui ! Il va se perdre dedans, même ! Bon, mes roublards, rendez-vous devant la maison de retraite dans deux heures, OK ?

C'est alors que les yeux d'Oscar s'éclairent. Il annonce, tout content :

– Ho, ho, je crois bien que j'ai une idée pour amadouer la matrone… Oui, je tiens quelque chose… Mes amis, vous allez être surpris ! Immensément surpris !

On ne lui en demande pas plus. De toute façon, Oscar nous surprend souvent, même quand il n'en a pas l'intention ! Les Lascars repartent chez eux, puis Papi commence à vider l'armoire de tout ce qu'elle contient.

– Et j'avais raison ce matin, au fait : l'idée se trouvait bien au fond d'un placard ! Ha ha ha ! ajoute Papi en riant.

4

ÇA DÉMÉNAGE !

J-4 (mercredi après-midi)

À 16 h 30 tapantes, nous garons le camion devant la maison de retraite.

« *Bien déménager avec Gégé* », c'est écrit sur la remorque, et ça va déménager ! On a descendu l'armoire à deux ; vide, elle était légère, et Papi la portait presque tout seul pendant que je le dirigeais.

Ensuite, on l'a chargée dans le camion.

Papi a mis sa plus belle salopette, la bleue, moi j'ai choisi la rouge. Nous sommes en train de détacher nos ceintures de sécurité…

… quand tout à coup, un homme tout drapé d'un tissu blanc et coiffé d'une couronne de feuillages sur la tête tape à la vitre du camion. Papi s'écrie :

– Passez votre chemin, nous n'avons pas le temps !

– Mais c'est moi, dit une voix qu'on reconnaît.

C'est Oscar !

– **Quoi ?!** s'insurge Papi. Mais qu'est-ce que c'est que cet accoutrement ?! T'as pas trouvé autre chose à mettre que les draps de ton lit !? Et Émilienne, elle t'a laissé sortir comme ça !?

– Émilienne n'a rien vu : j'ai tout caché dans un sac et je me suis changé dans le local à vélos, répond Oscar. J'avais besoin de me vêtir de ce drap afin d'entrer totalement dans la peau de mon personnage…

– Ton personnage ?

– Eh oui ! Vous avez devant vous Orphée, aède grec. Aède, ça veut dire « poète ».

Papi ouvre la porte du camion et descend en grommelant. Il s'approche d'Oscar, et tourne autour de lui. Je dois dire que sa tenue est tout à fait déconcertante !

– Oscar, tu veux bien m'expliquer à quoi tu joues ? On te parle d'un truc important, de sauver notre pote, et toi tu crois qu'on blague ? Que c'est le carnaval ?

– Pas du tout ! Je prends les choses très au sérieux ! C'est cela, mon idée : pour mener ma mission à bien, je me suis déguisé en Orphée, le seul héros capable d'y parvenir. J'ai même pris ma lyre, si tu veux savoir ! Un modèle que j'ai confectionné en cours de grec avec mes élèves. Il y a fort longtemps. Plus personne ne fait de grec aujourd'hui, c'est une catastrophe !

– Mais qu'est-ce que tu racontes, bon sang ?! s'énerve Papi Gérard.

En réponse, Oscar serre sa lyre contre son cœur et prend un air indigné, menton haut, regard lointain, toge flottant au vent. On ne le prend pas au sérieux, on ne le comprend pas, et il en a assez :

– Écoute, tu as dit que je devais amadouer la dame de l'accueil, n'est-ce pas ? Eh bien, aucun héros de la littérature ne sait mieux amadouer les Cerbères que le poète Orphée. Ainsi donc, dans ce costume, je vais jouer de la lyre à notre Cerbère et déclamer des vers, et tu verras qu'il va me laisser entrer aux Enfers et ressortir avec Léonard. D'où ma toge !

– C'est ça, ton idée ? marmonne Papi en écarquillant les yeux.

– Parfaitement !

– Jouer de la musique, débiter des poèmes, bref, faire le guignol pendant qu'on se trimbalera une armoire lourde comme un menhir… c'est ça, ta participation ?

– Chacun son boulot, chacun son talent : c'est ce que Guenièvre a dit ! se défend Oscar.

C'est alors que Richard déboule. Il est en nage, il a couru. Et il ne court pas très efficacement, Richard. Je remarque un oiseau sur son épaule, qui s'envole quand il s'approche de nous. Même les pigeons ont peur de Papi !

– Oh, mais comme tu être absolument beau ! s'exclame-t-il en voyant Oscar. On dirait un grec dieu !

– Eh bien, voilà ! Merci, Richard ! Enfin un qui sait apprécier les efforts vestimentaires de ses amis… et leur contribution personnelle à un projet collectif !

Bernard arrive à son tour, à petites foulées.

– Oscar, tu vas prendre froid dans cette toge ! (Bernard ne s'étonne jamais de rien. Il a seulement à cœur que ses copains restent en bonne santé.) Tu veux une pastille pour la gorge ? Préventivement ? Rassure-moi, tu as mis un Damart là-dessous ? Et des collants ?

– Oui, je te remercie. Je suis équipé. Je suis parfaitement bien équipé !

– Eh bien, bande de tocards, si tout est parfait, allons-y alors ! coupe Papi, qui a décidé d'aller de l'avant.

Et c'est ainsi qu'un poète antique, un déménageur en salopette, un pharmacien prévenant, un Anglais avec un chapeau mais sans oiseau et une petite fille transportent une armoire d'un camion dans une maison de retraite.

En laissant leur chien à l'entrée, cette fois. Ils ont retenu la leçon.

Dans le hall, tous les petits vieux tournent immédiatement la tête vers nous. De l'animation, chouette ! Et un spectacle, même, puisque certains sont déguisés !

Cerbère nous toise depuis son comptoir, l'air déjà courroucée.

– À toi de jouer, glisse Papi à Oscar.

Oscar pince sa lyre avec détermination pour se donner du courage.

Dsouing, dsouing.

Il s'approche du bureau d'accueil et se met à déclamer :

– C'est Orphée, ô belle gardienne, qui vient en ce jour t'offrir quelques notes pour attendrir ton âme et célébrer ta beauté…

Nous en profitons pour filer vers l'ascenseur avec notre chargement. Cerbère fait mine de nous arrêter, mais Oscar s'interpose et reprend de plus belle :

– Ô ma muse, je viens chanter à vos genoux la plus belle ode qu'il vous soit donné d'entendre si les dieux me sont cléments…

Le temps que Cerbère revienne de sa surprise, nous sommes entrés dans l'ascenseur. Les portes se referment… Ouf ! Deuxième étage, chambre 212. C'est parti !

– Salut les copains ! nous dit Léonard en sortant péniblement de son lit. Sa jambe plâtrée est lourde et il a du mal à la faire descendre jusqu'à terre. Je ne pensais pas vous revoir de sitôt ! Quel bon vent vous amène ?

– Le vent qui entre et qui ressort : un coup de vent, même ! tempête Papi. On n'a pas le temps de t'expliquer, Léonard… Faut que tu entres là-dedans pour qu'on te sorte d'ici !

– Dans l'armoire ?

– Parfaitement ! On va te déménager avant que tu tricotes des écharpes à toute la maison de retraite et que tu ne deviennes complètement dingo ! Allez, grimpe là-dedans !

Mais au lieu d'obtempérer… Léonard se met à pleurer en silence. Quelle mouche le pique ?

Bernard se précipite sur lui :

– Qu'est-ce qui se passe l'ami ? Tu as mal quelque part ? Dis-moi ! J'ai pris tout ce qu'il faut ! Contusions, céphalées, nez bouché, je peux tout soigner !

– Non, non, ne t'inquiète pas, Bernard...

Les larmes coulent sur les joues de Léonard.

– C'est que je suis terriblement ému de vous voir faire tout ça pour moi ! Que vous vous mettiez en quatre pour me sortir de cet endroit, ça me bouleverse.

– Bon, on n'a pas le temps pour les lavabos qui débordent, dit Papi (qui, je le vois, est très ému aussi). Monte dans l'armoire, Léonard !

Léonard obéit. Mais ce qu'on n'avait pas prévu, c'est le plâtre ! Cet énorme bloc blanc au bout de son pied ne rentre pas dans l'armoire. Ou bien Léonard rentre et sa jambe plâtrée dépasse, ou le plâtre rentre et il n'y a plus de place pour Léonard.

– Nom d'un pied à coulisse, qu'est-ce que c'est encore que ça ? s'énerve Papi en poussant Léonard à l'intérieur. Mais tu ne peux pas te plier un peu plus !? Fais un effort, tout de même ! Tu rentres bien dans un tout petit bateau !

– Sans plâtre, je rentre partout ! couine Léonard, la tête dans l'armoire. Mais je ne suis pas de la guimauve, non plus !

– On n'a qu'à couper le jambe à lui ! propose Richard, qui a parfois de drôles d'idées.

– L'amputer ? Allons, tu n'y penses pas ! s'exclame Bernard. Je n'ai pas apporté le matériel ! Il n'y a rien pour désinfecter ! On risque la gangrène !

– Euh, et puis je veux bien garder ma jambe, murmure Léonard du fond de l'armoire. Si ça ne vous dérange pas…

– Bon, à la guerre comme à la guerre ! dit Papi en resserrant les bretelles de sa salopette. On a déjà perdu trop de temps, Oscar doit en être à son dixième poème, faut qu'on mette les voiles. Alors on laisse la porte de l'armoire ouverte ; Léonard, tu t'accroches où tu peux et on trace ! C'est parti !

À la une, à la deux, à la trois, les Lascars soulèvent l'armoire normande et son contenu. Ça fait le bruit d'une bille dans une boîte vide.

– Ça va, Léo ? murmure Bernard en collant sa bouche contre une des parois.

– *Ça va ça va,* répond Léonard. *Un peu secoué, c'est tout ! Rien de bien méchant...*

Cahin-caha, nous sortons de la chambre. Papi est grand, il porte haut, tandis que Richard, Bernard et moi, de l'autre côté, portons bas ; résultat, le meuble est vraiment de travers.

– C'est lourde, tout de même ! dit Richard alors que des gouttes de sueur apparaissent sur son front.

– Il doit avoir les os épais, je ne vois que ça ! halète Bernard qui ploie sous le poids. Parce qu'il n'est pas bien grand...

– Le premier qui recommence à râler, je lui en colle une, c'est compris ?! s'énerve Papi, qui sue également.

Nous finissons par réussir à entrer dans l'ascenseur. Comme à la montée, nous sommes obligés de pencher l'armoire. On entend à nouveau Léonard bringuebaler à l'intérieur.

– *Ça va ça va, ne nous inquiétez pas !* Ça tangue juste un peu !

Arrivés au rez-de-chaussée, les portes s'ouvrent sur un spectacle inouï : Oscar debout sur le comptoir, sa lyre à la main, le bras levé, citant *L'Odyssée* d'une voix de stentor !

– **C'est l'homme aux mille tours, Muse, qu'il faut me dire,**
Celui qui tant erra, quand de Troade il eut quitté la ville sainte,
Celui qui visita les cités de tant d'hommes et connut leur esprit,
Celui qui sur les mers passa par tant d'angoisses en luttant pour survivre et ramener ses gens…

Les vieux de l'Ehpad se sont rassemblés autour de lui et l'écoutent avec attention. Vénération, même.

L'assistance entière est suspendue à ses paroles. L'assistance entière mais pas Cerbère, qu'on ne voit ni derrière son bureau d'accueil, ni dans l'assemblée des spectateurs…

– **BOUH !!!** nous crie-t-elle en surgissant du couloir derrière l'ascenseur.

Nous sursautons et lâchons l'armoire. Qui s'écrase au sol, laissant sortir son précieux chargement : Léonard, décoiffé, dépenaillé, une belle bosse au front, quelques bleus aux coudes et aux genoux et toujours une jambe dans le plâtre.

– Je le savais ! Je m'en doutais ! Je le sentais ! crie Cerbère. Vous prépariez un mauvais coup ! Ah, mais vous ne m'aurez pas ! Je suis la plus forte !

Elle triomphe. Pour un peu, elle lèverait les bras en signe de victoire. Finalement, elle attrape Léonard et le remet debout d'un seul geste :

– Alors le monsieur, il va retourner dans sa chambre, vu ? Et vous, les rigolos, dehors ! Allez, ouste ! Et que je ne vous revoie plus dans mon établissement !

Nous ramassons les planches de l'armoire, qui a éclaté en plusieurs morceaux. Puis nous quittons les lieux, tout penauds, suivis de Béjart, la queue entre les jambes. Oscar descend de son piédestal, c'est-à-dire du bureau de l'accueil, et nous emboîte le pas.

Papi donne un grand coup de pied dans la carrosserie. Nous comprenons, si nous ne le savions pas déjà, qu'il est furieux. Alors nous grimpons tous à l'arrière du camion pour faire le point.

Oscar décide de prendre les devants pour limiter la casse :

– Je suis désolé, les homards, euh je veux dire les Lascars. Je crois que je me suis laissé emporter par ma verve et que j'en ai oublié ma mission : détourner l'attention de Cerbère. C'est Homère… ça me soulève, ça m'emporte, ça me galvanise ! Enfin bref, excusez-moi, je suis contrit.

– T'es con tout court ! réplique Papi. Sans tri ! On avait chacun une mission et toi, tu as fait n'importe quoi ! En toge, sur le comptoir, en train de déclamer des vers ! C'est du grand délire !

– Ce n'est pas pour le défendre, intervient Bernard, mais nous n'avons pas été brillants non plus… Notre ami Léonard est sorti couvert de bleus et de bosses, après tout. Je dis ça, je ne dis rien !

– Ben, ne dis rien alors, on préfère ! réplique Papi.

Mais on voit bien qu'il réfléchit tout de même à ce que Bernard vient de dire. C'est vrai qu'on a lâché l'armoire. C'est vrai que Léonard ne rentrait pas dedans. C'est vrai qu'on n'a pas assuré non plus des masses…

– Je crois que nous devâmes espérer une miracle, dit Richard en tordant son chapeau dans ses mains pour briser le silence gêné qui s'est installé. Je ne voir que ça !

Papi marche dans son camion vide, les mains dans le dos.

Soudain, il lance :

– Tu n'as peut-être pas tort, Richard ! Un miracle… Au point où on en est, pourquoi pas. Rendez-vous demain à l'église à 7 heures pour la première messe. En plus, on sera tranquilles, à l'abri des oreilles indiscrètes de ma fille. Et on pourra demander un miracle au Grand Patron ! Un miracle qui marche !

– Qui *fonctionne*, reprend tout bas Oscar. Les humains marchent, les miracles, si tant est qu'ils existent, fonctionnent.

Je pense que le « con » de Papi lui reste en travers de la gorge… Heureusement, Papi est déjà descendu de l'arrière du camion, il n'a pas entendu.

Il s'installe au volant, je me mets à côté de lui avec Béjart. Les autres rentrent à pied. Un corbeau noir vient se poser sur l'épaule de Richard. C'est dire le moral des troupes !

5

DIEU RECONNAÎTRA LES SIENS

J–3 (jeudi)

Le lendemain matin, 6 heures tapantes, Papi répare l'armoire à grands coups de marteau *tapant*, lui aussi. Il a donc décidé de nous réveiller en fanfare chaque matin !?

Nous débarquons dans le salon en pyjama, Maman et moi, les yeux comme des soucoupes.

– L'armoire était cassée ? demande Maman en s'étirant simplement devant lui.

– Oui, bougonne Papi.

– Et tu l'as réparée ?

– C'est ça !

– Magie !

Ma mère envoie des baisers à la ronde avec ses mains et salue comme à la fin d'un ballet. La vie est un spectacle permanent, plein de surprises et de fantaisie.

– Bon, excuse-nous, pas le temps de discuter ni de se produire sur scène : on doit aller à la messe avec Guenièvre avant l'école. Va t'habiller, ma grande !

– Oh ! Vous allez à l'église, maintenant ? s'étonne Maman en revenant de la cuisine avec un verre de lait de brebis.

– Parfaitement ! Ça pose un problème ?

– Aucun, dit Maman, encore dans le coton. Je ne savais pas que vous vous étiez mis à croire en Dieu…

– Ça nous est tombé dessus, que veux-tu ! Comme beaucoup de choses en ce moment ! Allez Guenièvre, c'est parti !

Je le suis. Il claque la porte. Il n'est pas d'humeur commode, et je sais pourquoi : tous ces échecs le contrarient. Papi, il aime que les choses filent droit, qu'elles soient rangées à leur place, et là, ça déborde, ça ne rentre pas, ça se casse, bref : ça ne va pas.

Dans la rue, il marche, je cours à ses côtés. Il fait un pas quand j'en fais trois. Le silence nous entoure. Et le froid ! Il est encore très tôt.

En entrant dans l'église, nous voyons Richard et Oscar qui sont déjà assis au premier rang comme des enfants de chœur. Nous nous approchons sans faire trop de bruit. Je les entends murmurer.

– Vraiment, c'est un magnifique église ! dit Richard à Oscar. Et regarde ce statue de le Vierge à l'enfant ! Et ce couronne sur sa tête ! *So british !* Très anglais !

– Quelle quiétude, surtout ! lui répond Oscar. Et ce silence... « **Ici tout n'est qu'ordre et beauté, luxe, calme et volupté** », comme dirait Baudelaire. Ça me change de toute l'agitation, qu'il y a chez moi !

Émilienne me fait vivre un enfer, en ce moment ! Je dois tout ranger, tout nettoyer, préparer tous les repas, je n'en peux plus. Et j'ai encore dû mentir pour pouvoir vous rejoindre…

– Mentir ? dit une voix forte. C'est un péché, mes frères !

Les Lascars relèvent les yeux : le curé se tient devant eux.

– Mais soyez malgré tout les bienvenus dans la maison du Bon Dieu ! Et qu'Il vous pardonne vos multiples manquements ! Je ne sais pas ce qui se passe depuis quelque temps, mais mon église se remplit à nouveau, même très tôt le matin pour les laudes. Des mamies, des papis… tout cela réchauffe profondément mon cœur !

– Pourtant, on se gèle les moustaches dans votre frigo ! s'exclame Papi en jaillissant derrière Oscar et Richard, ce qui les fait sursauter.

– Ça, c'est bien vrai ! s'écrie Bernard arrivant au petit trot, toujours blanc comme un cachet d'aspirine.

Il s'assoit avec nous et se tourne vers le prêtre :

– D'ailleurs, vous êtes suffisamment couvert, sous votre soutane ? Prendre un coup de froid, c'est le meilleur moyen de se rendre vulnérable aux virus, et donc d'attraper une rhino-pharyngite, qui peut se compliquer en bronchite, qui peut dégénérer en pneumonie, et là, même Dieu ne pourra plus rien pour vous !

– Ne vous inquiétez pas, mon fils, lui répond le père en souriant. Là-dessous, j'ai une chemise épaisse, un gros pull, un pantalon de velours, des chaussettes de montagne et de bonnes chaussures.

Il soulève sa soutane et on voit que dessous, il est équipé comme pour escalader le Mont-Blanc.

– Qu'est-ce qui vous amène en ce saint lieu, mes enfants ? poursuit-il. Puis-je vous aider ?

– C'est-à-dire que l'affaire est délicate..., lance Oscar avec précaution.

– Sans compter qu'on a déjà essayé plusieurs trucs qui n'ont pas marché, ajoute Papi.

Et comme il n'aime pas perdre de temps, il enchaîne directement en s'adressant aux Lascars :

– Bon, moi je ne vois plus qu'une option : assommer la vieille bique de l'accueil, puis la ligoter, le temps qu'on récupère Oscar et qu'on le sorte de sa prison.

Le prêtre nous regarde avec des yeux exorbités. Il passe de l'un à l'autre en se demandant s'il doit croire ce qu'il vient d'entendre. Il décide que non. C'est trop pour lui. Tant d'actes immoraux les uns à la suite des autres, ce n'est pas possible ! Et commis par de vénérables et vieux messieurs, par-dessus le marché ! Non, c'est forcément une plaisanterie…

… alors il part d'un grand éclat de rire :

– **Ha ha ha**, vous me faites marcher, c'est ça !? Des papis-gangsters ! Quelle bonne blague ! **Ha ha ha !** Quelle bonne blague ! Bon, je vous laisse, Messieurs, j'ai des affaires sérieuses à traiter ! Je vous conseille d'en faire autant, mes chers enfants, et de retrouver un peu de sérieux et de réalisme… Bonne journée !

Le père s'en va vers la sacristie, sa soutane se balançant au gré de ses pas dans l'allée centrale. Dès qu'il a passé la porte, Oscar hurle :

– **Eurêka** !

– Chut, lui intime Richard, extrêmement gêné. Ferme ton bouche, on est dans un église !

– J'ai trouvé ! reprend Oscar, comme possédé par le démon.

– Aïe : il craque. Il nous fait un *delirium tremens* ! dit Bernard doctement. Une crise de folie passagère ! Attendez, je vais lui faire une petite piqûre, laissez-moi le temps de…

Dans l'élan, il saisit sa mallette, celle qui ne le quitte jamais et contient tous les médicaments utiles dans n'importe quelle situation.

Mais avant qu'il ait pu mettre la main sur le moindre remède, Oscar lui échappe et se met à courir entre les rangs de chaises en paille, l'air réjoui, extatique même ! Il crie à tue-tête « **Euréka, Euréka** ! » et la haute voûte amplifie ses vociférations.

Résultat : Papi se met lui aussi à courir après Oscar, pour l'arrêter. Il prend un virage un peu serré et finit par le plaquer au sol. Il le bâillonne et le soulève comme une chaise (mais une chaise qui se débat).

Alors bien sûr, le prêtre arrive en courant et en levant les bras au Ciel (c'est le cas de le dire !)

– On peut savoir ce qui se passe ici ?!

– Pardonnez-nous mon père, dit Bernard. C'est notre ami, je crois qu'il vient d'avoir une… une révélation.

Oscar, encore coincé dans les bras costauds de Papi et bâillonné par sa grosse main, hoche la tête en signe d'assentiment. Papi lui libère la bouche.

– Parfaitement ! Tout à fait ! Une révélation ! s'époumone-t-il d'un air illuminé.

– Bon, alors, si tout va bien…

Le prêtre s'en va avec une moue inquiète. Ce n'est peut-être pas une si bonne chose, finalement, que les gens se mettent de nouveau à fréquenter son église…

– C'était là, devant nos yeux, depuis le début ! reprend Oscar, exalté.

– Tu te calmes ! lui ordonne Papi.

– Ça m'est venu en voyant la soutane. Et puis la statue, le plissé de la robe…

Papi regarde Oscar avec une sorte de pitié. Ça y est, son copain est passé du côté obscur, il a perdu la raison, il sucre les fraises. Hier il se déguisait en musicien grec, aujourd'hui il délire sur les statues. Il lui tapote l'épaule gentiment tout en faisant signe aux autres que c'est fini, qu'Oscar est perdu pour la cause. Il a certainement été contaminé par la maison de retraite.

Et puis, d'un coup, Papi se ressaisit. Il se dit qu'il ne faut pas renoncer, qu'on doit se battre pour ses amis. Alors il secoue Oscar comme un paquet de corn-flakes quand on veut voir s'il en reste au fond.

– Tu vas te reprendre, oui ?

– Euh, finit par dire Richard, ça serait bien que tu stoppes, Gérard, parce qu'Oscar être totalement rouge comme un cabine téléphonique à London.

Papi repose immédiatement Oscar au sol. Il a l'air barbouillé, mais les secousses ne lui ont pas fait changer de disque :

– C'est évident ! bredouille-t-il en toussant. **Une idée claire et distincte**, comme dirait Descartes…

– Il veut jouer aux cartes, maintenant ! Il est complètement zinzin ! râle Papi, qui s'apprête à lui faire subir une autre série de secousses musclées.

Mais Oscar l'interrompt :

– Descartes, Gérard. Je parle de René Descartes, le philosophe…

Bernard intervient à son tour :

– Oui, Gérard, laisse-le parler, s'il te plaît. Tu le secoues trop. Et c'est comme pour les bébés, il ne faut pas faire ça !

– Merci, toussote Oscar. Je reprends : quand nous sommes allés le voir la première fois, que faisait Léonard ?

– Il tricotait, le pauvre ! répond Bernard.

– Ben voilà ! Il tricotait ! Et on a eu du mal à le reconnaître, n'est-ce pas ? Et le prêtre en soutane… Et la statue de Marie… Alors ? Alors…

Les Lascars se regardent avec des questions dans les yeux. Je ne vois pas non plus où Oscar veut en venir. Mais soudain, Richard tape dans ses mains.

– Oscar, tu es un *genius* ! crie-t-il.

– Bon, vous pouvez traduire, si c'est pas trop demander !? s'énerve Papi.

– On va déguiser le nôtre Léonard en fille ! explique Richard. Enfin, si j'ai tout compris bien…

– Parfaitement, Richard, tu as tout compris ! s'écrie Oscar. On va déguiser notre Léonard en mamie pour le faire sortir incognito de l'Ehpad. Et on va faire pareil pour y entrer !

– Malin, dit Bernard.

– *Genius,* répète Richard.

Papi regarde ses copains avec stupéfaction.

– Vous êtes sérieux, là ?

Ils opinent tous.

– Moi vivant, **jamais !** tonne Papi. Je ne me déguiserai jamais en femme ! **J'ai des principes !**

Le prêtre surgit une nouvelle fois, l'air mécontent.

– Messieurs, cela suffit maintenant ! Vous êtes vraiment trop bruyants ! **Dehors !** Et pour votre information, non, je ne suis pas « déguisé en femme » ! lance-t-il à Papi.

– Mais on ne parlait pas de vous ! grogne Papi. Ah, cette façon qu'ont les gens de toujours tout ramener à eux, c'est pénible ! Et moi qui croyais qu'en tant qu'homme d'Église, vous vous occupiez de votre prochain !

Le prêtre s'approche de Papi. Qui ne recule pas (Papi recule rarement).

– **Dehors**, lui dit-il tout bas, d'un ton froid. **De-hors.**

Nous ne demandons pas notre reste. Parfois, un murmure fait plus d'effet que des cris !

Nous nous retrouvons sur le parvis de l'église, gelés. Nous commençons à marcher pour ne pas nous transformer en statues de glace.

– Avoue tout de même que l'idée d'Oscar n'est pas inintéressante, lance Bernard à Papi. Elle mérite qu'on s'y arrête quelques secondes…

– Non.

Richard lève le nez vers Papi.

– À côté de mon pays, en Écosse, les hommes mettent des écossais kilts et ça leur aille très bien.

– Non.

Oscar repart à l'assaut :

– Les Grecs portaient des toges. Les Romains également. On ne peut pas dire pour autant que ce ne furent pas de grands guerriers !

– Non.

Bernard retente le coup :

– Pour l'oxygénation des mollets, une robe est bien plus efficace qu'un pant…

– Non.

Les trois papis me regardent.

OK, c'est à moi de jouer !

– Tu sais, Papi, moi je mets souvent des jupes ou des robes… et je t'assure que c'est très agréable et pas du tout honteux !

Papi s'arrête. Oui, après tout, je suis une fille, qui s'habille en robe, et tout va bien. Ils ont tendance à m'oublier, les papis !

– SOIT, lâche Papi. Mais le premier qui se moque, qui rit, qui parle de tout cela à qui que ce soit, même à une lointaine cousine sourde, je ne donne pas cher de sa peau, c'est compris ? !

– Compris ! répondons-nous tous en chœur.

– Et on va faire ça en fin de journée, quand le soleil est couché et qu'on n'y voit goutte, hein ! Inutile de se faire remarquer ! Vers 19 heures. Les vieux auront dîné, ils seront en pleine digestion donc lents à la comprenette : ce sera mieux !

On se sépare. Papi et moi, nous nous dirigeons vers mon école en nous tapant sur les bras pour faire circuler notre sang qui se glace.

On s'arrête chez la boulangère, qui nous donne deux croissants sans oser dire un mot. Je dévore le mien tout de suite, histoire d'éviter les ennuis en classe. Je me connais, il ne faut pas sous-estimer ma capacité à l'étourderie : je ne suis pas à l'abri de refaire la même bêtise !

6

LES « MAMIES » SE PRÉPARENT !

J–3 (jeudi soir)

Papi me laisse devant l'école. Il n'a pas dit un mot de tout le trajet. Cette idée de s'habiller en mamie continue de le contrarier.

Pour moi, c'est comme si une deuxième journée commençait, tant la première a débuté tôt. Et deux journées en une, c'est une de trop !

– À ce soir, Mamie ! je lui dis, sans y penser.

– Moi, c'est Papi, grommelle-t-il. Enfin, au moins jusqu'à ce soir…

– Désolée.

Je l'embrasse. En le regardant partir, j'essaie de l'imaginer dans une robe. Je me demande où il va en trouver une à sa taille.

Où Papi va-t-il dénicher son déguisement ? Pas chez Maman, ça c'est sûr ! Il fait le double de son gabarit ! Il risquerait de lui faire sauter toutes les coutures de ses vêtements. Et puis, il… Oh la la, j'ai tellement envie de dormir, en fait ! C'était beaucoup trop tôt, le réveil ce matin !

La voix de la maîtresse résonne au loin mais je n'entends même pas ce qu'elle dit.

– Alors ? J'écoute ! À la bataille d'Alésia, en -52 avant Jésus-Christ, contre qui les Romains se battaient-ils ?

Silence dans la classe.

– Guenièvre, je te prie ? À la bataille d'Alésia, en -52 avant Jésus-Christ, les Romains se battaient contre… contre ?

Soudain, je sens un pincement de Clémentine sur ma cuisse. Ouille.

– Guenièvre, pour la troisième fois ! insiste la maîtresse. De qui suis-je en train de parler ? Des ? Des ?

– Des papis déguisés en mamies, je réponds d'une traite.

La classe entière éclate de rire.

– C'est… C'est… ainsi que tu appelles les Gaulois !? s'étrangle la maîtresse. Des papis déguisés en mamies ?! Ton carnet, tout de suite ! Je vais mettre un mot pour tes parents ! Tu dépasses vraiment les bornes, Guenièvre !

Alors là, j'ai rien compris. Je ne sais même pas de quoi elle parle !

Bon, autant faire profil bas : je n'ai pas envie de récolter une nouvelle page de lignes à copier.

Une fois la maîtresse repartie dans ses grands discours sur les Gaulois, Clémentine se penche vers moi :

– Ça va ?

– Oui, enfin non… Je ne sais plus trop. Ce soir, Papi et ses copains vont se déguiser en mamies pour aller kidnapper Léonard à la maison de retraite.

Clémentine me regarde.

– Ah oui, quand même ! Je t'avais bien dit de te méfier ! Les papis et les mamies, quand ils commencent, on ne sait jamais où ça va s'arrêter…

Elle n'a pas tort !

À 19 heures tapantes, nous sommes rassemblés sur le parking de la maison de retraite. Il y a Béjart, moi, Papi, Bernard et Richard. Il ne manque qu'Oscar, qui est en retard. (Que de phrases en « ar » !)

Le moins qu'on puisse dire, c'est qu'on ne passe pas inaperçus !

Pour commencer, Papi porte une chemise de nuit en soie violette.

– J'ai acheté ça chez Monoprix, dit-il sans trop lever les yeux. C'est ample, on peut faire des mouvements… J'ai vérifié dans la cabine.

Par-dessus, il porte le peignoir rose en éponge de Maman (même s'il ne peut pas le fermer et que les manches lui couvrent à peine les coudes). Il a enfilé un serre-tête à Béjart, qui a donc une corne de licorne sur la tête. C'est original, un chien-licorne !

Richard est en kilt, évidemment. Il porte aussi un béret avec un pompon et une veste en laine bouillie… Et du rouge à lèvres !

Bernard est en blouse blanche, avec des petites chaussures blanches et une coiffe : il a l'air d'une infirmière.

Moi, je ne me suis pas changée.

Et on attend toujours Oscar.

– Celui-là, quand il ne vient pas déguisé en héros grec, il est à la bourre ! râle Papi.

Soudain, son portable sonne. (Le portable de Papi, c'est un vieux machin à clapet qu'il ouvre et ferme comme des castagnettes). La sonnerie de Papi n'est pas discrète : c'est « *I will survive* », l'hymne de la Coupe du Monde de football qu'on a gagnée en 1998 (eh oui, ça date) et qui dit qu'on survivra à tout. Donc aussi à l'expédition de ce soir.

Papi regarde l'écran.

– Ah, tout de même.

Puis il décroche :

– Allô, Oscar ! crie-t-il, pressé de lui remonter les bretelles.

– *Oui allô*, murmure Oscar (on entend sa voix car Papi a mis le haut-parleur, mais on doit vraiment tendre l'oreille).

– Parle plus fort, bon sang !

– *Allô oui, c'est Oscar.*

– Je sais ça ! C'est écrit sur le téléphone ! Mais qu'est-ce que tu fabriques ? On t'attend !

– *Je vous prie tous de bien vouloir m'excuser, mais je crains de ne pouvoir me rendre à notre rendez-vous.*

– Qu'est-ce que tu racontes !? Et pourquoi tu chuchotes ? Parle plus fort, sacrebleu ! claironne Papi.

– C'est-à-dire que je suis obligé d'être discret… Émilienne a eu vent de notre petite équipée et l'a vigoureusement désapprouvée. Elle m'a surpris alors que je lui empruntais quelques vêtements et l'a fort mal pris… Pour cette raison, je ne puis aller et venir à ma guise.

– Hein ! Mais t'es où ?

– Euh, actuellement, je suis… dans… une sorte de… cagibi… verrouillé… de l'extérieur…

– La vache, nous crie Papi. Elle l'a enfermé !

– Ne t'en fais pas, Oscar, on arrive pour libérer toi ! crie Richard.

– *Je ne préfère pas, je crains que…*

Mais Oscar n'a pas le temps de finir sa phrase qu'on court déjà vers le camion.

– Nom d'un piano de deux quintaux. Cette Émilienne ! Quelle … !

Papi est si énervé qu'il souffle de l'air par les naseaux. Faut dire que la femme d'Oscar est un sacré morceau. Aussi rude et terre-à-terre qu'Oscar est poète et sensible. Aussi large qu'Oscar est haut, aussi costaude qu'il est maigre, aussi bruyante qu'il est discret. Alors, forcément, elle a le dessus sur lui. Elle lui parle mal, le surcharge de corvées, et là, apparemment, elle l'a même enfermé !

– La teigne ! marmonne Papi.

– Le mante-religieux, surenchérit Richard.

– La morue, conclut Bernard.

– Les bonnes femmes, je vous ai toujours dit, que des emmerdements ! conclut Papi.

– Ho, les papis machos, on se calme un peu ?! je dis. Je vous rappelle tout de même qu'on est déguisés en femmes ! Et que j'en suis une ! Enfin, ça viendra !

Les Lascars se regardent : ils avaient oublié leur accoutrement. Ils soupirent à l'unisson, puis nous nous installons tous à l'avant du camion, en rang d'oignons.

– Attention, nous devons être polis et courtoises pour récupérer notre fabuleuse Oscar, précise Richard alors que le camion démarre.

– Polis ! Mes fesses ! Avec les dragons, on emploie la méthode forte ! répond Papi en prenant un virage très serré qui nous écrase encore plus les uns sur les autres (je ne pensais pas que c'était possible).

Mais à cet instant, Bernard nous surprend tous en reprenant la parole d'une voix forte :

– Ça suffit, Gérard ! Pour une fois, tu vas nous laisser faire ! Dans le calme et la diplomatie ! Parce que tes méthodes musclées, excuse-moi de te le dire, n'ont pas franchement été couronnées de succès ! Et, jusqu'à preuve du contraire, le roi des plans, c'est moi !

Un autre virage arrive. Papi braque, et Bernard roule sur les genoux de Richard, qui ne s'en formalise pas.

– Ah, c'est comme ça ?! Très bien, Monsieur Je-Sais-Tout: vas-y ! conclut Papi en serrant le frein à main. Nous sommes arrivés ! À toi de jouer ! Déguisé comme tu l'es, je suis sûr que tu vas faire un carton !

Bernard ne se démonte pas. Il regarde la jolie petite maison qui se trouve devant nous. Qui imaginerait qu'elle abrite une redoutable sorcière ?

Il prend une profonde inspiration, comme avant de se lancer dans un marathon. Puis il remonte le col de sa blouse blanche, ses socquettes blanches, descend du camion, traverse la rue et sonne à la porte.

– Bonsoir, Madame ! s'écrie-t-il en s'inclinant poliment (alors qu'Émilienne ne peut pas le voir puisque la porte d'entrée reste close). Nous sommes des amis de votre mari. Nous souhaiterions le voir.

– Dégage, cachet d'aspirine ! crie une voix suraiguë.

– Milady, s'il vous te plaît, bégaie Richard en s'approchant à son tour.

– Toi le rosbif, à la niche !

Elle les connaît bien, tout de même ! Oscar doit souvent lui parler d'eux.

– Ouvre-nous, sale morue ! s'écrie brusquement Papi en poussant tout le monde.

Heureusement qu'on avait dit « calme et diplomatie »... De toute façon, Émilienne ne semble pas le moins du monde impressionnée. Elle ne tourne pas la clé dans la serrure. Rien ne se passe.

– Ouvre-nous, vieux mérou, ou j'enfonce ta porte ! menace Papi.

– Essaie toujours, vieux schnock, elle est blindée ! entend-on en guise de réponse.

On ne sait pas si c'est le fait qu'on le traite de « vieux schnock », ou qu'on ait l'air de croire qu'une porte, fût-elle blindée, puisse lui résister, mais Papi est piqué au vif. Immédiatement, il recule de plusieurs pas dans le jardin pour prendre de l'élan.

– Je te déconseille de faire cela, l'avise Bernard. Tu vas, au mieux t'infliger un hématome énorme, au pire te casser l'épaule !

– Toi, écarte-toi de mon chemin, je passe à l'assaut !

Nous nous réfugions dans les parterres de fleurs, puis nous voyons passer mon papi en trois sauts, comme aux jeux olympiques…

… sauf que là, il n'atterrit pas dans du sable, mais contre une porte.

BOUUUUM.

Qui résiste.

– Nom d'une armoire vosgienne ! J'y retourne. Je me suis trompé de sport.

Papi recule à nouveau. Il fait quelques étirements. Bernard se précipite et lui masse les épaules.

Et c'est reparti. Mais cette fois, en mode rugby. La porte est un adversaire qui gêne la trajectoire de Papi en route pour marquer un essai !!! Il se jette dessus…

VLAM !

… et elle cède sous l'assaut.

CHBING ! Derrière, il y avait Émilienne, qui cède aussi et valdingue comme une quille renversée par une boule de bowling.

La voilà assise dans le couloir de l'entrée, complètement sonnée. Le dragon nous fixe du regard, le chignon défait, la jupe remontée, le tablier tout de travers, un rouleau à pâtisserie dans la main gauche (elle avait sans doute prévu de nous assommer avec).

– Gérard ? dit-elle, sonnée. Ou plutôt… Bernard ? À moins que ce ne soit Richard ?… Ou Oscar. Ah non : Oscar, c'est le mien. Oui, c'est ça, Oscar. Oh, mais il y a Léonard, aussi…

– Oh la la, tu y as été un peu fort, Gégé. À mon avis, elle a subi un petit traumatisme crânien, nous annonce Bernard tout en prenant le pouls de la malheureuse. Il sort une petite lampe torche de sa mallette et l'agite devant les yeux d'Émilienne.

– On va allonger elle sur son lit pour qu'elle se tranquillement repose, dit Richard avant de la traîner par un bras jusqu'à la chambre.

– Oscar… Bernard ?… Gérard ? délire toujours Émilienne.

– C'est ça, c'est ça. Le « rosbif » pas être si méchant, dit-il en la flanquant rudement sur la couverture. Mais le rosbif pas être non plus un bon poire !

Pendant ce temps, Papi est parti à la recherche d'Oscar. Il le trouve finalement dans le petit cagibi de la cuisine, coincé entre la serpillière et les produits ménagers. Notre pauvre professeur sort de sa prison, époussette le tailleur rose (de toute beauté) qu'il arbore, tire sur sa jupe, remet en place sa voilette sur son visage, rechausse ses chaussures à talons et déclare :

– « **Je me suis étendu dans ma prison aux portes vierges,**
Comme un mort raisonnable qui a su mourir
Un mort non couronné sinon de son néant. »

Paul Éluard

Nous accueillons ces vers avec un peu de crainte. Oscar a-t-il perdu la tête ? Son emprisonnement a-t-il duré trop longtemps ?

– Je suis contrit, mes amis, de vous avoir mis en retard, continue-t-il dans un langage choisi, montrant par là qu'il va plutôt bien. Un léger contretemps…

– Le contretemps dort dans la chambre, poursuit Papi.

– Enfin, « dort »…, nuance Bernard.

– *Go !* coupe Richard. Nous soyons en grand retard, maintenant ! Le maison de la retraite ferme pour le nuit…

– Richard a raison. D'autant que dimanche, c'est dans trois jours ! lance Papi. Et que cette course, on doit la gagner, nom d'un vaisselier à double étage ! C'est parti, mes grognards !

LES PAPIS EN MAMIES !

BONUS 2

Bernard
J'ai toujours rêvé de me déguiser en infirmière...
J'ai " emprunté " quelques affaires à Émilienne. Pourvu qu'elle n'ait rien vu, sinon je vais encore passer un sale quart d'heure !
Oscar
Parée pour l'action !
Guenièvre

7

LES « MAMIES » ATTAQUENT

J–3 (jeudi soir)

Nous remontons dans le camion et repartons à toute berzingue vers la maison de retraite. Quand nous arrivons sur place en faisant crisser les pneus, il est 19 h 45.

– Bon, chuchote Papi en réajustant son bonnet de douche. Maintenant, les débrouillards, enfin je veux dire Mesdames, ça suffit les foirades : on assure ! On rentre là-dedans, on habille Léonard, on sort et c'est fini !

– C’est parti, oui ! déclare Oscar qui se sent pousser des ailes.

Il s’avance à petits pas pressés dans le hall. Il se débrouille très bien avec ses talons et sa jupe serrée, c’est impressionnant. Contrefaisant sa voix, il s’adresse à Cerbère :

– Bonjour. Je me présente : Madame Oscar.

Il remet sa voilette en place, pour qu’on ne voie pas trop son visage.

– Je suis la présidente du club d’échecs de cette ville…

– Ah non, pas d’échecs ! râle Papi avec sa grosse voix.

Oscar lui fait les gros yeux. Il est en train de tout faire foirer ! Heureusement, il s'en rend compte :

– Ah, euuuuuh, oui, tout à fait, parfaitement, se reprend-il en parlant très aigu. Les échecs, les échecs, toujours les échecs ! Nous adôôôrons ça !

Cerbère nous regarde d'un air perplexe. Elle réajuste ses lunettes vertes sur son nez et nous scrute un à un (enfin, une à une). Nous resserrons les rangs de façon à ce qu'elle ne voie pas notre chien-licorne. Sinon, elle risquerait de découvir le subterfuge ! On ne voudrait pas être démasqués au bout de deux minutes, quand même !

Oscar reprend de sa petite voix flûtée :

– Voyez-vous, chère Madame, ce soir a lieu le tournoi départemental d'échecs. Nous souhaiterions à cet égard consulter Monsieur Léonard Ibsen, qui est de vos résidents, afin qu'il nous éclaire de ses lumières stratégiques d'échécofile. C'est-à-dire, de joueur d'échecs, précise Oscar.

– Impossible, les visites sont interdites après 19 heures, finit par répondre Cerbère qui nous observe toujours avec suspicion. Faudra revenir demain, Mesdames.

Elle appuie un peu trop sur le « Mesdames ». Je crois qu'elle se doute de quelque chose… D'autant plus qu'à y regarder attentivement, Papi ne s'est pas rasé de près (et que ça se voit un peu – beaucoup…)

– Je crains, Madame, que vous n'ayez pas saisi l'urgence de la situation, réplique Oscar en s'épongeant le front avec un petit mouchoir en dentelle. Sans les conseils de Léonard, nous allons perdre, et si nous perdons, c'est terrible. Rappelez-vous les mots de Corneille dans *Le Cid* : « **L'ardeur de vaincre cède à la peur de mourir** ».

Ça y est, on a encore perdu Oscar. C'est le problème avec lui, il part toujours dans des citations délirantes, des élans lyriques, de la poésie inefficace.

– Vous aimez perdre, vous, Miss ? demande alors Richard en se tortillant de partout (apparemment, le kilt en laine, ça gratte les jambes).

– Je déteste perdre, répond Cerbère. D'ailleurs, je ne perds jamais. Marylin Dutrait n'a jamais perdu de sa vie !

« Marylin » ! Cerbère s'appelle Marylin ! Comme la plus belle femme du monde, Marylin Monroe ! C'est énorme ! Parfois, quand même, la vie joue de drôles de tours…

– Ce morceau s'appelle Marylin ? murmure Bernard à Papi. C'est comme si toi tu t'appelais, je ne sais pas moi, Roméo… ou Tristan. Ou Rodrigue. Bref, un prénom romantique.

– Ah, ben, je te remercie ! répond Papi en oubliant de parler aigu. Dis tout de suite que « Gérard » est un prénom de beauf ! Tu crois peut-être que Bernard, c'est mieux ?

Je donne un coup de pied dans le tibia de Papi et, dans la foulée, j'écrabouille les orteils de Bernard. Décidément, ils veulent tout faire rater ou quoi ? Bernard est confus, il tente de se rattraper en se jetant dans la mêlée :

– Ma chère Madame, cette victoire est une question de vie ou de mort, dit-il en réajustant sa blouse et en brandissant son stéthoscope.

Bon, sa voix de fille est un peu loupée, elle a l'air de prendre les montagnes russes, et pourtant (que ce soit à cause de la blouse blanche ou de la perspective inacceptable d'une défaite) Cerbère (enfin, Marylin) finit par lâcher :

– OK, d'accord, allez-y ! Mais pas plus d'un quart d'heure, hein ?!

– Merci Madame, je réponds.

Béjart remue la queue, il est content. Discrètement content, il ne peut pas aboyer, mais content tout de même.

Nous avançons en trottinant jusqu'à l'ascenseur. Nous nous serrons tous, enfin toutes, dans la cabine, et faisons même un petit signe de la main, telles des reines d'Angleterre, pour prendre congé de notre si sympathique hôtesse.

– Nom d'un canapé en cuir avec double accoudoir ! s'énerve Papi en renouant la ceinture de son peignoir, définitivement trop petit. Elle me chauffe, cette Marylin, elle me chauffe !

Dès qu'on arrive au deuxième étage, Papi envoie Richard en éclaireur. C'est lui qui est le plus à l'aise dans son costume, vu que pour lui, ce n'est pas vraiment un costume.

Il s'élance dans le couloir, entre dans la chambre…

– AAAAAAAAAAAAAAAH !!!

… et un long cri retentit jusque dans le couloir. Un cri de femme (d'une vraie femme). Strident et puissant. Nous nous figeons tous comme des statues. Richard accourt.

– Ce ne pas être Léonard dans cette chambre. C'était un femme !

– Léonard s'est déguisé ? Déjà ? demande Oscar, incrédule. Mais comment a-t-il pu savoir ?

– Non, un vrai femme ! précise Richard, agacé.

Les vraies-fausses mamies-papis se regardent avec stupéfaction.

– Nom d'une cireuse à parquets ! s'emporte à nouveau Papi. Ils nous l'ont déplacé ! Ah, les charognes ! Les verrues ! Les charançons !

– Soyons pragmatiques et professionnels, recentre Bernard en ajustant sa blouse. Comment peut-on faire pour retrouver rapidement notre Léonard ?

– Le registre ! crie Oscar.

– Cerbère-Marylin a la patte dessus ! riposte Papi.

Silence. On réfléchit… Je claque dans mes doigts.

– Béjart ! Il a un flair incroyable ! Il va nous retrouver Léonard en deux minutes ! Allez, cherche, mon chien ! Cherche Léonard !

Béjart se redresse, droit sur ses pattes. Je lui enlève son serre-tête licorne pour qu'il ne soit pas gêné. Il oriente ses oreilles dans tous les sens, comme des radars, puis il colle sa truffe au sol et se met à renifler bien fort.

À droite, à gauche… Soudain, il se met à courir tout droit vers l'escalier. Puis il monte d'un étage. Nous le suivons aussi vite que nous le pouvons. Béjart prend un premier couloir, tourne à gauche, enchaîne à toute berzingue par un virage serré à droite, une chicane, puis de nouveau à gauche. Enfin, il s'arrête net devant une chambre.

C'est là. Il saute sur la poignée et ouvre la porte, puis il galope vers le lit, saute dessus et lèche le visage de notre cher Léonard.

– Tout doux, mon grand ! Tout doux ! Mais oui, moi aussi je suis content de te voir ! Mais oui ! Attention à ma…

– Ah, mon ami ! s'écrie Oscar en lui tombant dans les bras. On a cru qu'on ne te retrouverait jamais ! Que tu étais définitivement perdu ! Que tu agonisais quelque part loin de nous, seul, abandonné, désespéré…

– Mais non, mais non, Oscar, ne t'inquiète pas ! Attention à ma j…

– Oscar, laisse-le respirer ! s'interpose Papi. Léonard, qu'est-ce que tu fiches dans cette chambre ?

– Ils m'ont changé ce matin… Je n'ai pas compris pourquoi… Je crois que j'ai pris froid hier, dans l'armoire… Mais attention à ma jam…

– Tu parles ! Ce sont des voyous. Des scélérats ! Des malhonnêtes ! Mais nous allons être plus malins qu'eux !

Et là, ce qui devait arriver arrive : Papi, pour exprimer sa détermination, tape un grand coup sur la jambe plâtrée de Léonard, la jambe à laquelle il fallait donc… faire attention !

Léonard sursaute comme s'il venait de se prendre une décharge électrique, puis il retombe sur son lit.

Sans hurler. Sans aucun bruit, en fait. Inerte. Aussitôt, Bernard jaillit, met son stéthoscope dans ses oreilles et promène l'embout en métal sur la poitrine de Léonard. **Rien!** Il sort un petit marteau de sa mallette, tape sur son genou. **Rien!** Il lui lève un bras. Le bras retombe mollement. **Rien ?** Il soulève la paupière et regarde l'œil. **Rien ?!**

– Je crois qu'il est mort, dit-il sobrement en rangeant son matériel dans sa précieuse mallette.

Le silence se fait. Les Lascars se regardent, sidérés. Alors la voix d'Oscar s'élève, lugubre :

– « *Il était, et de loin, le meilleur d'entre nous,*
Un doux, un sémillant, un génial architecte,
Le barreur d'aviron le plus doué de tous
Il nous a fait gagner de nombreuses compètes!
Ô Léonard, mon cher, nous pleurons ta dépouille... »

– Attendez ! crie soudain Richard, qui a collé son oreille sur le torse de Léonard. Sa cœur fait une boum-boum. Petite boum-boum mais boum-boum tout de même.

Papi arrache le stéthoscope du cou de Bernard et se précipite à son tour sur Léonard. Il l'écoute attentivement et finit par dire :

– Mais oui, nom d'une pendule, ça fait du bruit, là-dedans ! Ça bat ! C'est vivant ! Bernard, tu es vraiment un gros nul ! Même avec une blouse, tu es nul !

Bernard voudrait répondre, mais je le devance :

– Ce n'est pas le moment de se chamailler ! Faut évacuer Léonard ! On l'habille en mamie, on le met sur un fauteuil roulant et on s'en va !

Je dis ça d'un ton autoritaire qui n'admet pas de réplique et qui m'étonne moi-même. Finalement, je ressemble un peu à Papi, j'en ai bien peur !

Et ça marche, en plus. Richard s'exécute. Il enfile à Léonard, encore inconscient, la chemise de nuit que Papi a apportée. C'est la même que la sienne, de la même taille. Il y avait sans doute une promo, deux pour le prix d'une ! Résultat, Léonard flotte complètement dedans !

De son côté, Bernard va chercher le fauteuil roulant dans le coin de la chambre. Il passe devant une petite table et nous dit :

– Regardez ! Léonard a dessiné la maison de retraite !

Il nous montre une immense feuille : c'est le plan de l'EHPAD, étage par étage, réalisé avec la précision d'un architecte. Je regarde de plus près : même sans règle, ses traits sont super droits ! Il est très fort, Léonard ! J'aimerais bien être aussi douée que lui, parce que mes traits à moi, même avec une règle, ils sont toujours de traviole…

Richard prend le plan des mains de Bernard. Il l'observe longuement et dit :

– Hmm, moi je propose à tous de ne pas prendre le machine d'ascenseur. Marylin, il attend nous en bas.

D'après ce plan, tu passes par la escalier B, puis tu traverses le lingerie, ensuite tu tournes sur le gauche, puis tu prends la monte-charge – je crois que c'est ça, le mot –, et là, tu arrives tous dans le cantine. Au fond, il y a une porte de fer qui donne sur les jardins, et hop, tu es dehors !

C'est parti. Nous transvasons Léonard, toujours inconscient, dans le fauteuil, et Papi l'attache au dossier avec la ceinture de son peignoir rose. Oscar sort la tête de la chambre et nous fait signe de le suivre.

La voie est libre. Richard passe devant, plan en main. Nous prenons l'escalier de service. Papi porte le fauteuil roulant avec Bernard et descend les marches. Nous traversons la lingerie, où le linge sale s'empile et les machines tournent. Ensuite, nous prenons un couloir. Pas un bruit. Ils sont tous en train de dormir, ma parole !

Ensuite, nous nous tassons dans le monte-charge. Nous faisons bien attention à la jambe d'Oscar, qu'elle ne dépasse pas, déjà qu'elle a pris un bon coup…

Les portes s'ouvrent, et là…

… nous ressortons juste derrière le bureau de Cerbère ! Enfin, de Marylin. Qui se retourne quand le « ting » du monte-charge retentit.

C'est le moment que choisit Léonard pour se réveiller.

– Oh, les copains ! Ça me fait plaisir de vous voir ! Mais pourquoi êtes-vous déguisés ? C'est carnaval ? Vous êtes ravissantes ! Gérard, cette chemise de nuit te va à merveille ! Et toi Bernard, cette blouse, c'est sexy ! Ton tailleur, Oscar, tu l'as piqué à Émilienne, non ? Ah, le kilt, évidemment, Richard ! Ha ha ha ! Et toi, ma Guenièvre, tu es choupinou, comme toujours ! Bravo ! C'est très réussi ! Oh, et même Béjart est déguisé ! Encore bravo ! Tiens, et moi aussi, dites donc ?!

Et Léonard part dans un grand éclat de rire.

Mais il y en a une qui ne rit pas du tout, c'est Marylin. Et elle n'est pas du tout près d'applaudir non plus, ni de crier « Bravo ! »

D'ailleurs, elle a sorti une batte de base-ball de dessous son comptoir. Et elle tape lentement dans sa paume gauche avec. Et après, l'idée, c'est de nous taper dessus, j'imagine.

On ne cherche pas à le découvrir. On prend nos jambes à nos cous et on court aussi vite que nos jupes et talons nous le permettent. Béjart nous suit en aboyant.

Nous nous retrouvons essoufflés sur le parking. Par la vitre, Léonard nous salue de la main.

Encore raté.

Nous nous réfugions dans notre camion, bredouilles une nouvelle fois.

– Je crois que j'ai confondue mon droite et mon gauche, dit piteusement Richard.

Richard baisse la tête et tord son béret entre ses mains. L'Angleterre a perdu.

C'est un nouvel Azincourt.

– **Vous êtes nuls!** s'emporte Papi. **Tous!** Toi, tu ne sais pas lire une carte! Toi, tu prends les vivants pour des morts! **J'en ai marre, mais marre, mais marre**

de vous! Je vous dépose! Je ne veux plus jamais vous voir! **Les Lascars, c'est fini!**

Dans un silence plus lourd que dix pianos à queue, Papi dépose chacun devant sa porte, puis nous rentrons chez nous.

Sans le « bonne nuit » habituel, Papi regagne sa chambre. Il porte le poids d'une table de ferme sur ses épaules.

8

« BY NIGHT »

J–2 (vendredi)

Le lendemain matin, pas de réveil à l'aube à coups de marteau. Si bien que j'émerge à 8 h 30. Au moment où je sors en panique de mon lit, il faudrait déjà que je sois à l'école !!!

J'attrape mon cartable, j'enfile une jupe et un pull, je saute dans mes baskets et je file. Je suis sûre que si je faisais la course avec une gazelle, je gagnerais !

Quand j'arrive à 8h38, j'ai non seulement battu le record du monde de course sur trottoir, mais aussi réussi à m'installer juste avant que la maîtresse entre en classe.

Ni vue ni connue ! Enfin, je crois. Un peu de rouge aux joues, peut-être…

Les yeux hypersoniques de la maîtresse ne manquent pas de le remarquer.

– Ça ne va pas, Guenièvre ?

– Si… Si, Madame, très bien… tout… va bien, je dis en essuyant mon front avec la manche de mon pull.

– Tu as trop chaud ? Pourtant, c'est l'hiver !

– Non, tout… tout va bien…, je dis encore essoufflée.

– Tu es bien rouge, tout de même ! Approche ! me dit-elle.

Je me lève et rejoins l'estrade. Les copains commencent à rigoler. Du coup, je les regarde, je regarde ce qu'ils regardent et… je vois mon bas de pyjama, qui dépasse de ma jupe. Celui avec les pingouins, cette fois.

– Guenièvre, qu'est-ce que c'est que cette tenue, encore ? s'écrie la maîtresse.

– Ben, ce sont des leggings, Madame... des leggings pingouins ! je réponds en prenant l'air le plus innocent possible.

– Moi, je crois plutôt que c'est un bas de pyjama ! Et que ça fait la deuxième fois cette semaine !

Là, je suis cuite, traquée, piégée, comme un homard qu'on tient au-dessus d'une casserole d'eau bouillante. Alors je tente le tout pour le tout :

– Et moi, je crois que vous n'êtes plus bien au courant de ce qui est à la mode, Maîtresse ! Les leggings-pingouins, cet hiver, c'est le top de la tendance ! je réponds avec assurance. Bon, vous, c'est sûr, la tendance, avec votre éternelle jupe droite et vos vieux pulls en laine, ce n'est pas quelque chose qui vous passionne…

Papi dit que parfois, plus c'est gros, plus ça passe : on va voir s'il a raison…

– Guenièvre, ça suffit ! Va chez la directrice ! Et tu verras si elle est plus à la pointe de la mode que moi !

Bon, un point en moins pour Papi. Parfois, quand c'est trop gros, ça ne passe pas !

Quand je rentre déjeuner à la maison, avec deux punitions à faire dans ma besace (des rédactions, cette fois-ci : on ne va pas pouvoir se servir du multi-stylo de Papi), je trouve tous **Les Lascars** réunis autour de la table et d'une bonne blanquette de veau.

Ouf, au moins quelque chose de positif dans cette journée qui a si mal commencé : les papis se sont rabibochés !

– Ah, ben vous êtes là ! Super ! je m'écrie. Alors, c'est quoi le nouveau plan ?

– Rien, Guenièvre, on arrête tout ! dit Bernard. Nous sommes à plat, décimés ! Pire qu'après le fléau des Carpates, la grippe espagnole, le virus du chikungunya !

– C'est la bérézina : nous sommes vaincus, ajoute Oscar.

– On stoppe toute ! surenchérit Richard.

– On jette l'éponge, conclut Papi.

Je me plante au milieu de la cuisine, les poings sur les hanches, une cuillère de la blanquette à la main (j'étais sur le point de me servir).

– Comment ça ? Faut se battre ! Vous êtes des papis vaillants ! Des courageux ! **Les Lascars** n'abandonnent pas si facilement, enfin quoi !

– Cette fois, pourtant, c'est fini, répond Oscar. « **Et le combat cessa faute de combattants** ». Corneille, *Le Cid*.

Les papis piquent du nez dans leurs assiettes. Je finis la mienne sans un mot. L'ambiance est à la défaite.

À 13 heures, le cœur lourd, je repars à l'école. Dans le couloir, je me rends compte avec effroi que j'ai oublié mon cartable. Ah non !! Hors de question de me faire remarquer une deuxième fois aujourd'hui ! Je fais demi-tour et rentre dans l'appartement. Des voix me parviennent depuis la cuisine…

– Et pourquoi pas *by night* ? dit Richard.

– Parle français, Richard, s'il te plaît !

(Ça, même pas besoin de voir, c'est Papi !)

– Je disais : et pourquoi pas nuitamment ? se reprend Richard d'une voix pincée.

– En français, Richard, je viens de te le dire ! râle Papi, toujours aussi aimable.

– Mais c'est français ! le défend Oscar. « Nuitamment », cela veut dire « de nuit ».

– Ah, mais je ne savais pas qu'on était là pour une leçon de vocabulaire ! s'exclame Papi, vexé. Allez les gars, sortez vos cahiers ! Dictée ! Comme Guenièvre à l'école !

Ma clé tombe par terre ; j'ai été surprise d'entendre mon prénom. DING ! La conversation s'arrête net. J'attrape mon cartable et je file en vitesse.

L'après-midi se passe sans nouvelle punition ; il faut dire que je fais profil bas.

Quand nous rentrons de l'école avec Clémentine, qui vient dormir à la maison, il n'y a personne. Juste un plat de lasagnes sur la cuisinière avec un petit mot posé dessus :

> Lasagnes à réchauffer au four thermostat 6 pendant 10 minutes.
> Ne m'attendez pas ce soir, j'ai un déménagement urgent à faire.
> Bonne soirée.
> Papi gégé.

Nous attendons Maman et, quand elle arrive tel un tourbillon rose, nous mangeons toutes les trois.

Elle nous raconte son cours de danse avec les petites, qui sont trop mignonnes mais ne distinguent pas leur droite de leur gauche, et donc il faut tout le temps leur dire : « On lève la main qui tient le stylo » (et la petite gauchère, Sarah, lève toujours la mauvaise main).

Plus tard, nous jouons au Uno. Je gagne : Maman est trop tête en l'air et Clémentine moins rapide que moi. Puis nous nous couchons sans demander notre reste.

***

Au milieu de la nuit, le téléphone sonne. Maman court, danse jusqu'au combiné. Même à peine réveillée, elle virevolte, c'est fou !

– Oui, bonsoir ? Elle-même… Oui, c'est mon père. Comment ?? Au commissariat ? Vous êtes sûrs ? Ah oui, très bien… J'arrive tout de suite.

Clémentine et moi sommes plantées comme des ficus en pot dans le couloir à côté de la commode. Mais des ficus en pyjama : le mien avec des pingouins, toujours, le sien avec des koalas, c'est mignon.

Maman raccroche, enfile une botte, une écharpe, une manche de manteau, puis elle se fige. Elle est un peu déboussolée. Je lui passe son autre botte ; Clémentine l'aide à enfiler sa parka.

– On va t'accompagner, Maman ! je dis. Parce que là, tu as l'air encore un peu endormie…

– Non, non, je ne dors pas ! Et non, non, un commissariat n'est pas un endroit pour les petites filles !

– Tu sais y aller, au moins ? je demande en m'habillant rapidement.

Je lance à Clémentine son jean et son pull, j'enfile mes chaussures à la va-vite.

– Oui, enfin non, enfin je trouverai bien, cela doit être indiqué sur des panneaux. Ou des écriteaux. Ou des pancartes…

– On vient avec vous, dit Clémentine, la tête encore coincée dans son pull (on dirait qu'elle a été guillotinée). Je connais bien les lieux, ajoute-t-elle en s'extirpant enfin de son piège laineux. J'y suis allée pour ma mamie… Si je peux aider…

Nous marchons toutes les trois dans la nuit. L'air sort de nos bouches comme si nous faisions de petites bulles de bande dessinée. Dans ma bulle, je dis :

– J'aurais dû m'en douter : Papi n'abandonne jamais. Il dit même : « Je ne jette jamais l'éponge, y a toujours de la vaisselle à faire ! » J'aurais dû me douter qu'il nous racontait des salades ! Ils préparaient un coup pour cette nuit…

Quand nous arrivons au commissariat, nous ne sommes pas déçues du spectacle : les cinq papis sont alignés sur le banc, vêtus de noir des pieds à la tête.

Une bande de ratons laveurs. Eh oui, ils se sont même mis du maquillage sur le visage…

Béjart est à leurs pieds, et lui aussi se cache à sa façon : les pattes sur la truffe. À l'opposé du banc se tient une femme grande et forte, apparemment de forte méchante humeur : Cerbère. Elle fait craquer ses doigts un à un, comme si elle s'apprêtait à en découdre.

Les Lascars sont pliés en deux, la tête dans leurs mains. Ils sont défaits. Désespérés. Une voix s'élève, lugubre, celle d'Oscar :

– « *Le ciel est, par-dessus le toit,*
Si bleu, si calme !
Un arbre, par-dessus le toit,
Berce sa palme. »

Je lui souris gentiment, car il semble bien dépité.

– C'est un poème qu'a écrit Paul Verlaine alors qu'il était en prison et qu'il regardait le ciel à travers les barreaux, précise-t-il.

Là-dessus, Béjart se met à hurler à la mort. On dirait un loup encerclé qui voit sa dernière heure arriver.

– Oscar, tais-toi, tu nous déprimes ! le rabroue Papi. Tu déprimes même le chien, c'est dire !

Maman court vers son père et le prend dans ses bras. Puis elle se tourne vers les policiers, les yeux embués de larmes :

– Messieurs, Messieurs, tout ceci n'est qu'un affreux malentendu ! Enfin, vous voyez bien : vous avez ici cinq petits papis tout gentils et bien inoffensifs ! Dont un avec une jambe dans le plâtre, qui plus est !

Elle fait de grands gestes de danseuse au milieu de ce commissariat laid et froid. Les policiers la regardent avec inquiétude, et un peu de pitié aussi, je crois. Mais ils n'ont pas l'air convaincus. Et le commissaire, encore moins. Avec son air bourru, sa moustache et ses jambes écartées, on dirait un cow-boy (sauf que cela fait un certain temps que la police montée, ça n'existe plus…)

– Vous vous trompez, chère Madame, dit-il d'un ton cassant. Ces cinq « papis tout gentils », comme vous dites, sont suspectés d'enlèvement et de séquestration !

– Quoi ? Allons, ce n'est pas possible ! Ils ne feraient pas de mal à une mouche !

– Ils m'en ont fait à moi ! s'exclame alors la grosse dame. Et je suis loin d'être une mouche !

– Ah, ça c'est sûr ! commente Papi. On est loin de la mouche !

Cerbère-Marylin se lève et va se poster devant Papi. Elle fait à nouveau craquer ses doigts. Ça va mal finir, tout ça ! Depuis le temps qu'ils se cherchent, ces deux-là, ils vont finir par se trouver…

– Je crois qu'on ferait mieux d'appeler un avocat, dit Clémentine. Et j'en connais un très bon : celui qui a défendu ma mamie et toutes ses copines[2*].

C'est alors qu'Oscar se lève et déclame :

– « **Avec quelle rigueur, Destin, tu me poursuis ! Je ne sais où je vais, je ne sais où je suis.** » Jean Racine, *Phèdre*, précise-t-il avant de se rasseoir et de remettre la tête entre les mains.

2* C'était encore dans *Les mamies attaquent* (décidément, il faudra que tu le lises, un de ces jours !)

WANTED

Wanted
WANTED
WANTE

Richard, assis à côté, lui caresse doucement les cheveux.

– Ça va aller, ma petit, ça va aller.

Maman se tourne vers Clémentine :

– Ma foi, tu as raison, les choses m'échappent un peu, reconnaît-elle. Monsieur le commissaire, nous souhaiterions donc appeler un avocat…

– Maître Henri Delachapelle, complète Clémentine.

Maman et moi nous regardons, impressionnées qu'elle ait retenu son nom comme ça. Étonnamment, le commissaire pâlit.

– Ah non, je préférerais quelqu'un d'autre. Et puis à cette heure-ci, il doit dormir…

– À cette heure-ci, tout le monde dort, répond Clémentine. On veut Maître Delachapelle et vous n'avez pas le droit de nous le refuser !

Quand elle veut quelque chose, Clem, elle l'obtient. C'est pas pour rien qu'on est copines !

Le commissaire se dirige donc vers le téléphone à reculons et appelle l'avocat.

Nous l'attendons, assis sur un banc. Le temps est long. Le banc est inconfortable. Le froid s'insinue. Au bout d'un moment, Richard s'approche d'un policier :

– Excusez-moi, jeune homme, mais aurions-nous du thi ?

– Du p'tit quoi ? demande le policier.

– Du thi ! On a tous froid…

– Il demande du thé, dit Papi. Il est anglais ; thé, ça se dit « thi ». Vous n'êtes pas bilingues dans la police, dites donc !

– Keski dit, çui-là ? s'énerve un autre policier. L'a un problème ?

– Oublie, Gérard, dit Oscar affligé. Ils ne parlent même pas correctement la langue de Molière. Alors, celle de Shakespeare…

– Vivement que l'avocat arrive, je chuchote à Clémentine, ça se tend…

C'est précisément à ce moment-là qu'il fait irruption dans le commissariat. Grand et droit, le cheveu bien peigné, il a une belle prestance dans son costume bleu marine impeccable et sa chemise d'un blanc immaculé ! C'est sûr, il va nous sortir de là !

– Bonsoir, Commissaire ! dit-il d'une voix forte. Inutile de me présenter, Maître Henri Delachapelle, avocat à la Cour, en personne. Que se passe-t-il encore, ici ? Vous vous spécialisez dans l'arrestation de vieilles personnes, ma parole ! De quoi les accusez-vous, cette fois ?

– Enlèvement et séquestration ! répond sèchement le commissaire.

– Rien que ça ! Hé bien, vous m'en direz tant !

D'un mouvement gracieux, Maître Delachapelle ouvre sa mallette et enfile sa robe d'avocat noire au col blanc. Cela produit son petit effet ; nous sommes impressionnés. Puis il se place au milieu du couloir et demande de sa voix de tribunal :

– Chefs d'inculpation, donc : enlèvement et séquestration. Très bien. Première question : qui a été enlevé ?

– Moi ! crie Léonard en levant le doigt comme s'il était à l'école.

– La personne qui a été enlevée a donc été retrouvée !

– Oui ! Elle ne s'est même pas perdue, continue Léonard. J'ai une jambe cassée, mais ma tête fonctionne encore !

– Très bien, Monsieur. Parfait. Éclairez-moi, la personne enlevée fait aussi partie des suspects ? demande ensuite Maître Delachapelle.

– Oui, enfin non, on a mis tout le monde dans le panier à salade, intervient un policier. Et après, comme ils se connaissaient, ben, on les a laissés ensemble…

– Vous mélangez donc les victimes et les criminels ! C'est intéressant comme méthode ! dit Maître Delachapelle. Bien, très bien…

Les policiers se regardent entre eux, un peu gênés. Oui, c'est sûr qu'on a vu mieux comme arrestation… Les Lascars aussi se regardent entre eux et, face à la déconfiture des gardiens de la paix, reprennent du poil de la bête.

– On n'est pas des criminels ! s'insurge finalement Papi. Léonard est un copain ! On ne lui a pas fait de mal !

– Léonard est ami de nous, précise Richard.

– « **L'amitié ne consiste pas dans ces démonstrations excessives, dans cette ardeur effrénée qui n'appartiennent qu'à l'amour. C'est un feu doux, mais toujours égal, qui nous échauffe sans nous consumer.** » Diderot, précise Oscar.

Maître Delachapelle regarde un à un les papis qu'il doit défendre. On lui a encore trouvé une bonne bande de rigolos, semble-t-il se dire.

– Monsieur Léonard, reprend-il sans se démonter, portez-vous plainte contre ces quatre personnes qui vous ont prétendument enlevé ?

– Pas du tout ! C'est mes copains, **La bande des Lascars !**

Bon, le nom n'a pas l'air de plaire beaucoup à l'avocat. Mais il a plus important à relever.

– Si la victime ne porte pas plainte, l'inculpation tombe d'elle-même. N'est-ce pas, Monsieur le Commissaire ?

Le commissaire baisse la tête. Mais il la redresse aussitôt : il a perdu une bataille, mais pas la guerre !

– Reste la séquestration, cher Maître…, dit-il d'un ton fielleux.

– J'y viens, j'y viens, commissaire. Alors deuxième question : qui a été séquestré ?

– **Moi !!!** crie Marylin en bondissant de sa chaise. Ils m'ont attaquée, malmenée, assommée, et quand je me suis réveillée, j'étais dans la lingerie, ligotée comme un rôti au milieu du linge sale !

Maître Delachapelle regarde tour à tour les cinq papis, qui lèvent ensemble les yeux au plafond, genre « je n'y étais pas, pas vu pas pris ». Il comprend immédiatement que c'est l'exacte vérité. Mais il doit défendre ses clients, alors il passe à l'action avec toute l'éloquence qui le caractérise.

– Vous, assommée, vous ligotée ? se met-il à déclamer à Cerbère-Marylin. Allons, Madame, une forte femme comme vous, avec un tempérament de feu, une personnalité hors du commun, un charisme extraordinaire ! Je ne peux le croire.

– Mais euh… merci, Maître, mais, je… pas vraiment… je…, répond Marylin en rougissant un peu, en se tortillant et en regardant ses pieds avec un léger sourire, flattée.

– Vous voudriez nous faire accroire, Madame, reprend Maître Delachapelle, que ces cinq vieillards diminués et infirmes ont eu raison de vous ? Qu'ils vous ont neutralisée, dominée, vaincue ?

– Ah ça, non ! dit Marylin en se redressant de toute sa hauteur ! Vaincue, moi ? Jamais !!!

– C'est bien ce que je pensais ! Ces cinq papis ne sont pas de taille, voyons ! Et personne n'a jamais le dessus sur vous !

Marylin est maintenant toute fiérote. Elle se tient droite, prend un peu la pose, comme si on allait la photographier. À cet instant précis, elle porte bien son prénom.

– Personne n'a jamais le dessus sur vous, répète l'avocat pour la ramener à la réalité.

– Personne ! Absolument personne !

Cerbère s'est mise debout sur une chaise du couloir. Elle lève le poing de la victoire. Elle ne se rend absolument pas compte qu'elle vient de se faire avoir en beauté par Henri Delachapelle. Lequel ôte sa robe d'avocat, la replie, la range dans sa mallette et déclare :

– J'en conclus que Madame ne porte pas plainte. Et que cette affaire est close !

Les cinq papis sont debout. Ils applaudissent à tout rompre leur avocat, qui s'incline et les salue comme à la fin d'une pièce de théâtre. Ils s'apprêtent d'ailleurs à quitter la scène quand Cerbère prend soudain conscience de ce qui se passe. Elle attrape Léonard par le bras.

– Non non non, celui-ci reste avec moi ! Il ne va pas s'en sortir comme ça ! Il rentre avec moi à la maison de retraite ! Il n'a pas le droit d'en partir ! Moi vivante, jamais !

Maître Delachapelle soupire. Il croyait en avoir fini. Il voulait rentrer se coucher, et voici qu'on vient encore le contrarier. Il va pour ouvrir sa mallette, ressortir sa robe… puis non.

Il s'approche de Marylin et lui glisse à l'oreille :

– Si Monsieur Léonard ici présent réintègre votre établissement, il dira à tout le monde que vous n'êtes pas si costaude que cela, qu'un petit coup sur la calebasse et il n'y a plus personne, que tous les patients peuvent faire de même, étant donné que votre EHPAD est une vraie passoire, qu'on y entre et qu'on en sort comme dans un moulin. Si j'étais vous, je le laisserais partir…

Marylin jette un œil à l'avocat, puis aux papis, puis à nous. Elle lâche lentement le bras de Léonard, qui boitille jusqu'à nous.

– Messieurs, Madame, je vous salue ! S'exclame Maître Delachapelle. Et vous souhaite une bonne nuit, pour ce qu'il en reste.

Le commissaire s'attrape les cheveux à pleines mains et les tire de toutes ses forces. Ses hommes le regardent avec terreur. Pour la deuxième fois de sa carrière, il est vaincu par Maître Delachapelle, et c'est deux fois de trop. Ses cheveux ne vont pas y survivre…

Nous sortons tous dans le froid.

– Bon, « **Les Lascars** », vous allez m'expliquer ce qui s'est passé exactement ! tonne l'avocat. J'ai besoin de comprendre ce que fabriquent les mamies et les papis de cette ville ! Et d'un petit calva, aussi !

9

CALVA ET COURSE

J-2 vendredi' de nuit

En face du commissariat, il y a un bar. Quand nous entrons, les habitués se retournent et le patron rassemble plusieurs tables pour nous installer.

– Vous sortez de chez les poulets ? demande-t-il.

– Oui, mais on n'a pas mangé de frites ! répond Papi pour la blague.

Tout le monde se met à rire. Sauf peut-être Maître Delachapelle, qui semble un peu tendu.

– La première tournée est pour moi, annonce le patron. À condition que vous nous racontiez tout ! Si c'est comme les mamies de l'autre fois, on ne va pas s'ennuyer !

Des verres de calva sont servis aux adultes. Clem et moi, on a droit à une grenadine. Toutes les oreilles sont grandes ouvertes. C'est Oscar qui se lance, théâtral :

– La nuit était froide, et la lune luisait dans un firmament maculé d'étoiles, quand…

– Ouh là, le coupe le patron. On comprend rien à ce que tu racontes, mon gars !

Richard prend le relais :

– Nous avons choisi de nuitamment agir pour la sauvetageaison du délicieux ami de nous…

Les habitués se regardent, perplexes.

– Bon, s'énerve Papi, je vais vous la raconter, l'histoire, nom d'un vélo sans selle ! Au départ, ils nous ont enfermé Léonard dans un EHPAD, soi-disant pour lui réparer sa jambe. Plutôt pour le faire crever à petit feu, oui ! Et nous, on a une compète d'aviron dimanche ! Et il faut qu'on la gagne ! Et Léonard est notre barreur, on ne peut pas se passer de lui ! Bref, on s'est dit qu'on allait le faire sortir de sa prison, et puis c'est tout !

– C'est tout ? demande Henri Delachapelle. Vous êtes sûrs ? Alors comment se fait-il que vous vous soyez retrouvés au poste et que vous m'ayez fait venir en pleine nuit ?

– Il y a eu des complications…, intervient Bernard. L'opération devait suivre un certain protocole et malheureusement, les choses ne se sont pas déroulées comme prévu…

– C'est-à-dire ? demande Henri.

– « *Nous partîmes cinq cents et par un prompt renfort*... », essaie Oscar.

– Chut, toi ! le coupe un client. On pige vraiment rien à ce que tu racontes ! Laisse parler ton copain, le costaud, là !

Le costaud, Papi donc, reprend la parole, tandis qu'Oscar soupire.

– Bon. On était bien à l'heure, maquillés comme il fallait (c'était pour être moins visibles, hein, évidemment, pas parce qu'on aime se maquiller, je précise), et habillés en noir pour passer inaperçus, opération commando. La voie était dégagée. Béjart montait la garde. Bernard avait tout prévu. On avait sorti l'échelle du camion, on l'avait posée sur la façade, j'étais monté, j'avais défoncé la vitre, tout se passait bien…

Maître Delachapelle hausse un sourcil. Et commande un autre calva. Pour lui, si on casse une vitre, déjà, ça ne se passe pas si bien que ça…

– J'étais à la fenêtre, donc, reprend Papi, j'avais chargé Léonard sur mon épaule comme un sac de ciment. Bernard m'avait aidé, parce qu'avec le plâtre, Léo était un peu raide. Bref. Au moment où j'enjambe le parapet pour descendre par l'échelle…

– Seigneur !

L'interrompant, Maman se jette dans les bras de Papi. Rien que le récit lui fait peur. Imaginer son père avec Léonard sur l'épaule en équilibre sur une échelle, elle en tremble.

– Tout va bien, mon petit. Je suis souple, tu sais. Moins que toi mais tout de même ! Bref, figurez-vous que pile à ce moment-là déboule dans la chambre l'autre énergumène qui aurait dû dormir chez elle sur ses deux oreilles…

– Cerbère ! gronde Bernard, tout content de son effet.

– *Marylin*, précise Richard avec l'accent.

– La gardienne des enfers, dit Oscar en roulant les r et les yeux.

– Ni une ni deux, Bernard lui saute dessus avec sa seringue ! continue Papi.

– Sa quoi ? demande Maître Delachapelle en recrachant sa gorgée de calva.

– Sa seringue ! Sa piqûre, quoi ! Y avait une dose de cheval, dedans ! Il a toujours une seringue sur lui, Bernard, au cas où…

Maître Delachapelle sort un grand mouchoir en tissu de son manteau et s'éponge le front. Le patron du café lui remplit à nouveau son verre à calva. Il a besoin de plus de remontant, apparemment.

– Heureusement que je ne disposais pas de ces informations dans le commissariat tout à l'heure, dit l'avocat d'une voix blanche. Heureusement…

– Bref, reprend Papi, mon Bernard essaie de picouser l'autre molosse, mais elle remue, la teigne, et Bernard, faut dire ce qui est, tu n'es pas non plus costaud-costaud !

– Assez tout de même pour lui asséner un bon coup de lampe de chevet sur la tête, l'attacher avec une corde, la bâillonner avec du scotch d'électricien et la descendre par l'escalier en la traînant par les cheveux pour la fourrer dans la lingerie ! dit Bernard, piqué au vif.

– Vous… Vous avez assommé cette femme, vous l'avez ligotée et traînée dans l'escalier par les cheveux…, s'étouffe maître Delachapelle. Mais voyons, vous n'êtes pas bien ?!?

– Oui, enfin, vous l'avez vue, Maître ? reprend Papi. Elle s'en est remise, hein ! Elle est solide, la bonne femme, je vous assure ! D'ailleurs, bien le merci, parce que vous l'avez retournée comme une crêpe tout à l'heure, du vrai boulot de pro !

Maître Delachapelle se lève lentement. Il jette le fond de son verre au fond de son gosier, attrape sa mallette et quitte la table.

– Ne me remerciez pas. Ne me remerciez surtout pas. Bonne soirée, Messieurs. Je crois que j'ai besoin de dormir.

Et il se dirige vers la porte, en titubant un peu. L'effet du calva, sans doute, et du récit de Papi.

– Lui non plus, ce n'est pas un costaud, commente Papi. Enfin voilà, maintenant on a récupéré notre Léonard, et ça, c'est bien ! Ce qui est moins bien, c'est que la course, c'est dimanche ! Il nous reste un jour, un seul, pour tout régler ! Et on ne s'est pas entraînés depuis une semaine ! Comment on va faire pour gagner ? Parce que moi, je vous assure que je déteste perdre !

– Si je puis me permettre, dit Bernard d'une petite voix, j'ai bien une idée… J'en ai même plusieurs…

10

LES LASCARS À LA BARRE !

Jour J (dimanche)

Le dimanche, nous sommes tous réunis au bord du lac, avec les Lascars et Maman. Clémentine aussi est avec nous : elle veut voir comment va finir cette histoire.

La course commence dans quinze minutes. On a passé le samedi à établir un plan. Bernard a tout organisé… ça devrait marcher !!

– C'est réglé comme de la papier à musique, annonce Richard.

Les papis s'échauffent. Bernard distribue des vitamines à tout le monde. Et dans la foulée, il en donne même quelques pilules à l'une des équipes adverses ! Il est vraiment généreux, Bernard !

– Allez, prenez-moi ça, vous ramerez plus vite ! dit-il à chacun. Il faut offrir du beau spectacle au public, que diable !

– Bernard, t'as pas fini de jouer les Père Noël ? le gronde Papi en croisant les bras. On a un problème, je te signale, et de taille ! D'après tes soi-disant calculs, Léonard devait rentrer dans le bateau. Eh bien, il ne rentre pas dans le bateau ! Sa jambe et son plâtre dépassent ! D'un petit centimètre, mais ils dépassent.

– *What ?* crie Richard, entouré de pigeons à qui il donne des graines. Mais comment allez-nous faire ?

– Ah, mais ce n'est pas un problème, ça ! répond Bernard entre deux assouplissements. J'ai tout ce qu'il faut.

Et il ouvre sa mallette de pharmacien. Pour en sortir une scie, un marteau et une perceuse. Puis il s'approche de Léonard. Qui se met à hurler :

– Ma jambe ! Je veux garder ma jambe ! Ne m'amputez pas !!

– Écoute, Léonard, dit Papi en le prenant fermement par les deux épaules, dans la vie, il faut parfois savoir faire quelques sacrifices !

– Non, non, je vous en prie ! Ma jambe ! J'aime ma jambe !

– Mais *no*, je dis *no*, nous n'allez pas l'amputassier ! crie Richard en se jetant sur Papi.

– Richard a raison ! précise Oscar en s'accrochant à son ami. « **Est-il dans cette vie une gloire plus grande que de savoir jouer des jambes et des bras ?** » Homère !

– Mais n'importe quoi, Léonard ! lâche enfin Bernard. Je ne vais pas te couper la jambe, voyons ! En plus, je n'ai pas de désinfectant. Non, je vais enlever ton plâtre, juste le temps de la course. Et on le refera après !

Léonard retrouve des couleurs.

– Tu vois, lui dit Papi, pas la peine d'en faire une histoire ! Bernard, tu fais ça délicatement, s'il te plaît. Tu ne nous l'abîmes pas : on en a besoin pour gagner la course !

Bernard donne un petit coup de marteau précis dans le plâtre de Léonard, qui s'ouvre en deux comme une coquille de noix. Et laisse apparaître une jambe toute blanche et toute maigre.

Papi porte ensuite Léonard jusqu'au ponton où leur bateau, le n°5, rouge, rutilant, les attend. Léonard se glisse à l'arrière comme un gant. Seule sa petite tête dépasse, avec ses cheveux en pétard.

Les autres prennent place dans l'embarcation. Ils sont prêts. Oscar, qui semble d'humeur poétique, s'approche du bateau concurrent le plus proche pour distribuer des couronnes d'olivier aux adversaires.

– Puissent-ils venir ceindre le front des futurs vainqueurs ! dit-il.

Puis il prend place dans son bateau.

Ça va commencer ! Nous leur faisons de grands signes de la main pour les encourager. Maman improvise une petite danse d'encouragement, tandis que Clémentine et moi déplions la banderole que nous avons confectionnée hier :

« **Les Lascars à la barre !**
Les Lascars vers la victoire ! »

Les bateaux sont alignés sur la piste de départ, avirons en l'air. Les visages sont concentrés. La tension est palpable.

– *Allez les pépés, bonne chance !* entend-on.

– *Ils nous ont appelés « les pépés », j'ai pas rêvé ?!* (Ça, c'est la voix de Papi, je la reconnais.) *Nom d'un congélo plein, on va leur mettre à tous une sacrée raclée ! C'est parti !*

La corne de brume retentit. Nous retenons notre souffle.

Mais nos papis ne démarrent pas. Ils sont comme scotchés à l'eau !! On entend :

– Bernard, quand tu auras fini de remettre ton bandeau, on pourra peut-être y aller ? T'as pas entendu le top départ ?! T'es devenu sourd ou quoi !

Enfin, le bateau se met en mouvement. Mais il part beaucoup trop sur la gauche ! On entend :

– Richard, à droite !

Ça, je dirais que c'est la voix de Léonard…

– Je ramer à le droite !

Et ça, je sais qui c'est…

– L'autre droite !

– Ah, OK !

Le bateau se met à filer droit. Mais les autres ont pris beaucoup d'avance.

Tout à coup, le bateau qui est en tête, le n°1, s'arrête. C'est fou ! Les cinq rameurs semblent pris de convulsions… Ils se grattent frénétiquement… et finissent par plonger dans l'eau ! Puis ils nagent jusqu'à la berge en catastrophe.

– *Un de moins !* entend-on.

Papi, me semble-t-il.

Bientôt, le bateau vert, le n°4, se met à faire des ronds dans l'eau, comme une toupie. Il a apparemment perdu son gouvernail, et les rameurs ne peuvent maintenir le cap vers la ligne d'arrivée… C'est vraiment pas de chance pour eux !

– *Deux de moins,* entend-on.

Léonard, sauf erreur.

C'est maintenant au n°2 de… incroyable mais vrai : se faire attaquer par une multitude de pigeons, qui plongent en piqué sur leur embarcation comme des mouettes sur un maquereau !! Les pauvres gars lâchent leurs rames pour se protéger la tête des becs pointus. Pendant qu'ils essaient tant bien que mal de se débarrasser des volatiles qui leur picorent les pieds ils perdent du temps et les Lascars leur passent devant sans état d'âme. Quelle drôle de course, vraiment !

– *Three de moins*, entend-on.

Richard, évidemment.

Hélas, le dernier bateau, le n°3, s'approche à bonne vitesse de la ligne d'arrivée.

Ils y sont presque…

C'est quasiment dans la poche pour eux…

Ils n'ont plus que quelques mètres à faire…

Tout à coup, les rameurs sont pris de haut-le-cœur, tous en même temps ! Ils lâchent leurs rames, se tiennent le ventre et se mettent à vomir hors du bateau. Quelle horrible scène !

Les Lascars les doublent sans même les saluer.

– *Jamais trois sans quatre,* entend-on.

Oscar, je crois.

Cette fois, les papis filent tout droit vers la ligne délimitée par les bouées… qu'ils franchissent, victorieux, les rames en l'air ! On entend jaillir des « **Hourra !** », des « **Youpi !** », des « **Bravo les gars !** », un « **Je savais qu'on allait les ratatiner !** », un « **Mieux que**

WaterLoo! », un « **Et sans répandre une goutte de sang!** » et un « **Ô Victoire!**... » dont on ne comprend pas la suite!

Youpi, iLs ont gagné!!!

Nous nous lançons dans une danse de la joie, Clémentine et moi, que Maman enjolive de ses pas gracieux. Quelle belle journée, vraiment! Nous avons eu peur, mais ils ont gagné!

Quand les papis sortent de leur embarcation, ils portent Léonard en triomphe.

– Pour Léonard, **hip, hip, hip, Hourra!** lance Papi, mais heureusement sans lancer son ami dans les airs (il est fragile, tout de même!)

Puis il s'éloigne et, se plaçant derrière un arbre, commence à se changer. Seulement, comme il est très large d'épaules, il dépasse, et nous le voyons ôter son tee-shirt plein de sueur pour enfiler une chemise toute blanche, impeccable. Puis passer une veste. Puis, par-dessus le short de sport, un pantalon de costume assorti à la veste. Pourquoi se met-il sur son trente-et-un ?

Il revient vers nous, l'air de rien.

– Bon, les Lascars, je vous laisse, j'ai à faire !

– Gérard a un rencard ! Gérard a un rencard ! se moque Bernard.

– Et alors, s'énerve Papi, tu es jaloux ? Je ne vais tout de même pas passer ma vie avec des tocards comme vous !

– Je croyais que les bonnes femmes, c'était que des emmerdements ! ajoute Oscar.

– Y a que les imbéciles qui ne changent pas d'avis ! le tacle Papi. « **Rien n'est permanent, sauf le changement.** » Héraclite, philosophe grec. Et toc, mon vieux ! Moi aussi j'ai des lettres, quand je veux !

C'est alors que, sous nos yeux incrédules (à cause de la citation, déjà) s'avance une femme qui se dandine maladroitement et ne semble pas très à l'aise dans des escarpins… une femme que nous connaissons bien.

– Oh *my God* ! s'écrie Richard. Marylin !

– Cerbère ! s'étouffe Oscar.

– L'indestructible ! ajoute Bernard.

– Chut, dit Papi. Je ne vous permets pas ! Moi, elle me plaît bien, cette femme ! Elle a du tempérament ! Elle ne s'en laisse pas conter. Avec elle, je le sens, je ne vais pas m'ennuyer !

Et Papi rejoint Cerbère en souriant. Il lui fait une sorte de petite courbette un peu ridicule et ils partent bras dessus bras dessous.

Ça c'est sûr, il ne va pas s'ennuyer…

BONUS 3

LES PAPIS
PRÊTS À TOUT POUR GAGNER !

espèce de puces connues
pour leurs piqûres
extrêmement urticantes
Oscar
Richard
Léonard
graines
pour oiseaux

De la même autrice, dans la collection Pépix

9 782377 310548
➤ 192 p.
| 10,90 €

Où sont les filles ?

Écrit par **Claire Renaud**
Illustré par **Églantine Ceulemans**

Ondine vit avec sa sœur Marine, sa mère Océane et sa grand-mère Pélagie. Entre filles, tranquilles. Jusqu'au jour où un garçon débarque. Comment l'aborder ? Elle lance une petite prière en l'air…

Le lendemain, surprise : il n'y a plus une seule fille sur Terre !! Plus une seule…

Est-ce un coup du mystérieux Misteress Smith, étrange personnage coiffé d'un haut-de-forme qui est apparu dans sa chambre tel un génie de la lampe ?

De la même autrice, dans la collection Pépix

9 782377 313204 ➤ 208 p. | 10,90 €

Quand quatre « Tatas Flingueuses » tordantes, foldingues et adorables, se lancent dans le casse du siècle !
(Rassurez-vous, c'est pour la bonne cause)

Les mamies attaquent !

Écrit par Claire Renaud
Illustré par Maurèen Poignonec

Elles sont tout un groupe : Lucienne la coach, Henriette la timide, Marceline l'inventeuse, Renée la costaude.

Voici l'histoire : Mamie et sa bande ont décidé de faire un braquage. Elles jurent que c'est pour « une bonne cause ».

Alors elles ont fabriqué des armes de destruction massive : caddie à double fond, sac massue, manteau à poches multiples... et elles ont un plan !

Dans la collection Pépix

9 782377 312382 ➤ 272 p. | **10,90 €**

Perséphone au téléphone

Écrit par **Anne Schmauch**
Illustré par **Joëlle Dreidemy**

Achille aurait bien passé les vacances d'été à lire tranquillement. Ça tombe mal, ce n'est pas le programme. D'abord, son boulet de grande sœur le fait chanter avec des photos embarrassantes. Ensuite, un appel de détresse chamboule tous les plans : il semblerait que d'étranges pirates aient pris le contrôle de L'Hoplite, le cargo dont sa mère est le capitaine… Pour lui venir en aide, Achille est prêt à la rejoindre à la rame jusque dans les glaces du pôle Sud.

Ce sera peut-être l'occasion d'apprendre enfin pourquoi ses parents sont aussi calés en guerres antiques que s'ils y avaient eux-mêmes combattu…

Dans la collection Pépix

9 782377 312399

➤ 272 p.

10,90 €

Les agents secrets de la cour de récré

Écrit par **Philippe Arnaud**
Illustré par **Gaël Henry**

« Dans mon collège, les adultes disent que je suis un cocktail explosif d'insolence et de rébellion.

Alors, quand un vieux millionnaire m'a recruté comme agent secret, j'ai adoré l'idée : aller dans les salles de classe du monde entier pour défendre les faibles contre les tortionnaires qui les harcèlent.

Alexandre, agent secret ! »

Dans la collection Pépix

9 782377 312719
➤ 208 p.
| 10,90 €

La Société des Pépés à adopter

Écrit par **Émilie Chazerand**
Illustré par **Joëlle Dreidemy**

Sérieuse Dauphin est une enfant délaissée MAIS ultra-gâtée par des parents super riches MAIS super absents.

Ces derniers sont des inventeurs aux cervelles remplies d'idées géniales, comme la célèbre cravate au jambon (en cas de petit creux au boulot). Cependant, il y a UNE chose qu'ils n'ont pas pensé à offrir à leur fille : un pépé.

C'est décidé : Sérieuse veut un pépé. C'est sa lubie, son caprice absolu. Heureusement pour elle, la S.P.A. a ce dont elle rêve.

Dans la collection Pépix

9 782377 312726 ➤ 192 p.
10,90 €

Le Journal de Gurty
Mes bébés dinosaures

Écrit et illustré par **Bertrand Santini**

Lors d'une escapade sur la montagne Sainte-Victoire, Gurty fait une découverte extraordinaire : des œufs de dinosaure fossilisés !

Gurty les couve tous les soirs avec tendresse, certaine qu'ils vont bientôt éclore. Elle n'est pas peu fière d'annoncer la grande nouvelle à ses amis : bientôt, elle sera maman de bébés dinosaures ! Elle s'imagine déjà commander son armée de bébés, partenaires idéaux pour faire des blagues à Tête de Fesses ou fracasser l'écureuil qui fait hi hi.
Mais cette nouvelle sème aussi un vent de panique chez tous les animaux de la campagne…

Directeur de publication : Frédéric Lavabre
Collection dirigée par Tibo Bérard
Assistante d'édition : Julia Robert-Thévenot
Maquettiste : Claudine Devey

Loi n° 49-956 du 16 juillet 1949
sur les publications destinées à la jeunesse.

Achevé d'imprimer en novembre 2020
sur les presses de l'imprimerie Grafica Veneta S.p.A.
N° d'édition : 0051
Dépôt légal : 1er semestre 2021
ISBN : 978-2-37731-545-1

Imprimé en Italie